CINQ DÉFIS POUR UN MARIAGE
June Summer

© 2020 Summer, June
Édition : BoD – Books on Demand,
12/14 rond-point des Champs-Élysées, 75008 Paris
Impression : BoD - Books on Demand, Norderstedt,
Allemagne
ISBN : 9782322254040
Dépôt légal : Mois et année de publication (Octobre 2020)

INTRODUCTION

Il faisait beau en cette après-midi de juin sous un soleil éclatant. Le vent tiède et parfumé apportait des senteurs de foin coupé, ainsi que le chant lointain des clarines de troupeaux de montagnes. Le village de Saint-Jean-de-Pré était paisible, délaissé par ses habitants affairés à leurs diverses tâches. Les murs blancs de la petite église étincelaient sous le soleil brûlant, tandis qu'une ombre bienvenue rafraîchissait la cour de graviers qui crissaient sous les pneus de la voiture d'Ophélie. Celle-ci se gara devant l'édifice en roulant avec prudence, tandis que sa passagère Mya se penchait pour admirer les lieux, s'exclamant :

— Putain ! Quel trou perdu elle a choisi, notre folle d'Héloïse ! Se marier ici, c'est un vrai « *Défi* », tu ne trouves pas ?

— Ben pour un mariage, c'est normal de choisir une église ! répondit sur un ton nonchalant Ellen, assise sur la banquette arrière. La jeune femme releva ses longs cheveux en arrière pour mieux regarder par la fenêtre. Son beau visage fin éclairé de grands yeux verts était pensif, elle avait la tête ailleurs. Son amoureux Ronan lui manquait, mais bon, Héloïse avait besoin de ses quatre meilleures amies pour se marier, il fallait être là !

— Moi je trouve cet endroit magnifique ! décréta Églantine à ses côtés, ses yeux bleus brillant d'animation. Et je crois que le fiancé d'Ophélie est originaire de ce village, ce qui explique leur choix de se marier ici ! Son visage était rosi par le plaisir de ce voyage entre amies, ses cheveux courts et teints en rouge pétant et son expression ouverte lui donnaient une apparence de gaieté communicative. Elle se dépêcha de sortir la première du véhicule sitôt le moteur éteint, s'exclamant :

— Enfin ! Je n'en pouvais plus de voyager dans ta petite boîte de conserve, Ophélie !

La jeune femme était vêtue d'une minijupe de jean bleu et d'un top blanc mettant en valeur son corps aux formes graciles. Elle pêcha son sac à main pour en sortir une bouteille d'eau qu'elle porta à ses lèvres.

— Ne critique pas ma Titine ! s'insurgea Ophélie qui sortait aussi avec soulagement de l'habitacle. Elle nous a très bien transportées, malgré toutes les conneries que vous avez débitées depuis Besançon !

Elle souriait en parlant, tout en regardant autour d'elle. C'était une belle jeune femme aux longs cheveux bruns lissés avec soin descendant jusqu'à ses reins, avec de grands yeux bruns ourlés de cils foncés, une bouche pulpeuse, un visage harmonieux. Elle était vêtue d'une longue robe de gitane noire, assortie d'une large ceinture de cuir pour un effet des plus réussis. Elle attrapa la bouteille des mains de son amie pour boire elle aussi avec avidité, reprenant souffle avant de se désaltérer encore. Elle la passa à Ellen qui venait de sortir de la voiture et étirait son corps svelte, vêtue d'un saroual couleur camel mettant en valeur sa peau claire et ses cheveux blonds dansant sur ses épaules. Celle-ci but longuement au goulot, tandis que Mya les rejoignait avec un grand sourire, de sa démarche féline et sexy, perchée sur des sandales à lanières entrecroisées le long de ses longues jambes brunies. Elle portait une robe bleue assez courte, qui dévoilait généreusement ses formes dont elle connaissait les atouts. Ses cheveux foncés, son teint mat, ses yeux verts, son air hardi, ne passaient pas inaperçus, et lui apportaient un charme particulier dans une sensualité naturelle.

Les quatre amies composaient un bel assortiment de beautés féminines qui ne laissèrent pas indifférents les quidams passant dans la rue voisine. Elles n'y prirent pas garde, occupées à découvrir des lieux. Elles se connaissaient et se retrouvaient régulièrement depuis leurs années d'études à Besançon, n'ayant jamais perdu contact. Elles n'avaient pas encore trente ans, et s'étonnaient de cette nouveauté d'assister au mariage de l'une d'elles ! Héloïse les avait invitées à venir un jour à l'avance pour l'aider à préparer son mariage, et surtout pour fêter dignement son enterrement de vie de jeune fille. Les quatre amies papotaient tout en marchant vers l'église, quand leur amie en sortit, et les accueillit en ouvrant grand ses bras, criant avec exaltation :

— Yesss ! Vous êtes là ! Super ! Bienvenue à mes noces !

Ses invitées éclatèrent de rire et se précipitèrent vers elle tandis qu'elle descendait les marches de pierre. Elle passa de bras en bras, échangeant bises et effusions. Ses cheveux châtains et bouclés dansaient autour de son visage rayonnant ; elle était vêtue d'une petite robe blanche qui mettait en valeur sa peau charnue et brunie. Elles discutèrent toutes avec animation, puis Héloïse entraîna ses amies dans l'église, pour leur faire découvrir le décor de son mariage. Les jeunes femmes entrèrent en trombe dans l'édifice et se turent brusquement, intimidées par le décor austère et solennel. Des bouquets de fleurs blanches décoraient déjà les extrémités des bancs et les fenêtres, les murs percés de fenêtres à vitraux laissaient passer des lueurs de toutes les couleurs, dans une atmosphère sereine. Les amies admirèrent longuement le travail de décoration effectué par Héloïse et ses cousines dans la journée, chuchotant avec respect dans ce lieu saint. Après avoir complimenté la future mariée de cette préparation magnifique, elles ressortirent et restant sur le parvis, reprenant leurs bavardages avec animation. Mya demanda avec malice :

— Et ton Bastien où est-il ? Il ne s'est pas enfui, au moins ?

— Non, non, se récria Héloïse dans un rire. Il a déjà retrouvé ses potes pour son enterrement de vie de garçon !

— Ohohoo, se moqua Églantine, je prévois le pire ! Tu n'as pas peur ?

— Mais non ! expliqua Héloïse. On a décidé de se permettre tout ce qu'on voulait avant de se marier, et de ne pas se le reprocher mutuellement. Je ne sais rien de ses projets, mais je soupçonne ses amis de lui avoir organisé un effeuillage de strip-teaseuse... Ensuite une beuverie dans un dancing je suppose, avec un retour au petit matin sans plus savoir son nom... J'espère juste qu'il sera dégrisé pour le mariage le surlendemain !

— C'est drôle de nous dire cela tout calmement devant cette église ! fit remarquer Ellen avec son bon sens coutumier. Ce n'est pas un peu bizarre de se marier, avec votre vision de couple libre ?

— Non, on a décidé de se ranger dorénavant ! reprit Héloïse. On voudrait avoir des enfants, une vie raisonnable pendant quelque temps...

— Quelque temps ? Je me réjouis de voir combien de temps, rit Églantine. Enfin, c'est super ! On a la soirée pour nous alors ? Pas d'hommes en vue ?

— Eh oui, fit Héloïse avec un sourire. Pas d'hommes ! Ce sera une première pour nous, si on se rappelle nos dernières rencontres...

Toutes rirent aux souvenirs de leurs frasques débridées. Églantine chantonna :

— *Un jacuzzi dans un club privé, cinq filles et 24 mains, combien d'hommes cela fait-il en tout ?*

Elles éclatèrent de rire et Mya ajouta :

— Combien d'orgasmes veux-tu dire ?

— Par homme ou par femme ? demanda innocemment Ellen.

Elles sourirent en se regardant en coin, puis Ophélie s'adressa à Mya :

— Tu avais gagné ce soir-là !

Son amie sourit sans répondre. Héloïse reprit :

— Oui, nous en avons fait de belles toutes les cinq ! Et à l'occasion de mon départ des affaires...

Toutes sourirent à ce jeu de mot, tandis qu'Héloïse poursuivait :

— Je me réjouis de vous entendre raconter les « *Défis* » que je vous avais demandés de préparer en cette belle occasion !

— On fera les Shéhérazade, fit Ophélie avec un regard lourd de sous-entendu... On ne va que parler... Mais ce sera du lourd !

— Oh oui, du lourd, je crois bien... renchérit Églantine avec un sourire complice. Des blablas entre nanas, mais bien plus chauds que des petits strip-tease de rien du tout !

— Si vous saviez, s'amusa Héloïse, quand j'ai dit à Bastien que vous veniez à mon enterrement de jeune fille seulement pour papoter, il a été ébahi : « *Quoi ? Juste pour discuter ? C'est bien les femmes, des paroles, des paroles... Nous, je te préviens, ce sera plus actif ! On va se lâcher !* »

Elles rirent aux éclats toutes cinq, Églantine ironisa :

— Ces hommes ! Ils se croient toujours les plus aventureux ! Ils ne savent pas qu'il ne faut pas sous-estimer les femmes !

— Surtout des femmes dans notre genre... ajouta Ellen avec un regard malicieux C'était la plus discrète des cinq amies, son apparence lisse cachait un jeu de séductrice qui se lâchait parfois avec des inconnus, éblouis par ses airs de femme inaccessible à la Lauren Bacall.

— Laissons-les rêver ! ajouta Héloïse avec un sourire en coin. Je ne trouve pas si mal que mon cher mari ne sache pas tout de mes exploits passés !

— Ah oui ! s'écria Églantine. Tu te rends compte si quatre types se lèvent pendant le mariage quand le curé pose la fameuse question, et crient :

— Cette femme est un bon coup ! Empêchez-la de nous en priver !

Les cinq rirent aux éclats, puis Mya conclut avec malice :

— Nous n'aurons donc ce soir que des blablas entre nous pour raconter nos *Défis*... Exactement ! Mais se lâcher ? Je crois bien qu'on n'y a pas manqué !

— Je me réjouis de vous entendre, mes chéries ! se réjouit Héloïse avec enthousiasme. En attendant ce soir, venez donc vous installer ! J'ai organisé pour nous une soirée dans un gîte tout proche, ou nous serons seules et sans oreilles ennemies, pour déguster un repas délicieux, boire de bons vins, et surtout, surtout, pour nous raconter mutuellement nos cinq *Défis* pour mon mariage !

2. SOIRÉE ENTRE FILLES

Héloïse avait conduit ses amies au gîte qu'elle avait réservé pour leur retraite entre filles. Après avoir garé leurs voitures et sorti leurs valises, celles-ci découvrirent avec plaisir une charmante maison entourée d'un jardin ombragé par de grands arbres, située en lisière de la forêt toute proche. On entrait par la cuisine dallée de tommettes rouges, décorée d'ustensiles suspendus aux poutres patinées par le temps, pour accéder à un salon meublé de canapés confortables de cuir brun disposés autour d'une belle cheminée de pierre. Une immense armoire de sapin ornée de découpes artisanales prenait tout un mur. Une table ronde de même facture, entourée de ses chaises invitait à s'y asseoir, éclairée par la lumière venue de fenêtres à carreaux donnant accès sur le jardin. Les jeunes femmes admirèrent les lieux, puis firent la course en haut des escaliers pour choisir leur chambre. Il y avait justement cinq pièces joliment meublées d'un grand lit, d'une coiffeuse, d'un miroir et d'une armoire, avec une salle de bain commune sur l'étage. Chacune était décorée dans une couleur dominante avec beaucoup de goût.

Les cinq amies s'installèrent, vidèrent leurs valises, papotant sans arrêt d'une chambre à l'autre entre les portes ouvertes. Elles avaient passé de nombreux week-ends et vacances ensemble, se connaissaient parfaitement et se comportaient en toute liberté. Elles ne s'étaient pas vues depuis quelques semaines, et avaient besoin de se raconter les petits événements de leur vie quotidienne. Elles s'arrêtaient parfois de parler brusquement ou laissaient planer des silences empreints d'allusions, s'amusant à dire :

— Ah non, ça je ne le dirai que ce soir ! Dommage, tu dois attendre…

— Ah oui, tu ne sais pas ce que je vais raconter moi !

Elles riaient, amusées de ce mystère qu'elles cultivaient avec délectation. La soirée serait certainement inoubliable, avec le récit de leurs cinq *Défis* ! Héloïse appréciait leur complicité, ravie de son idée originale.

— Quand même, je vous ai bien surprises, non ? fit-elle avec fierté en disposant ses vêtements dans son armoire. Ma lettre d'invitation a dû faire son petit effet !

— Eh oui, j'étais morte de rire à ma lecture ! s'amusa Églantine qui alignait ses produits de beauté sur sa coiffeuse. Elle avait retiré tous ses vêtements pour aller prendre sa douche et passa nue devant son amie pour lui emprunter un savon.

— Toujours aussi jolie ! commenta Héloïse qui regarda avec un sourire admiratif ses fesses pommées, son ventre plat au-dessus de son sexe complètement épilé, ses petits seins ronds. Elle poursuivit :

— Alors, comment as-tu pris cette lettre ?

— Merci ma belle ! Eh bien, je dois dire que tu m'as soufflée… Pour une idée de *ouf*, c'en était une !

— C'était une bonne idée, non ?

— Ah oui… Cela m'a excitée ! Je veux dire : excité mon imagination !

Les trois autres filles éclatèrent de rire, et Mya se moqua :

— Tu parles, Églantine ! Te connaissant, nous savons que tu as eu la fièvre au corps ! Avoue !

— Bé oui. Quand je l'ai lue… Olala…

Ellen intervint de sa voix posée, et déclama avec emphase le texte de la lettre qu'elles avaient toutes reçues :

Chères complices et Amies,

Je vous invite à mon mariage le dimanche 29 juin 2013 à 14h,

en l'église de Saint-Jean-de-Pré.

pour fêter dignement l'enterrement de ma vie de jeune fille.

Mais je ne veux pas de stupide parodie déguisée ou de jeu ridicule !

Je désire que vous fassiez comme moi quelque chose de fou,

Que nous nous raconterons le soir précédant mes noces !

Je veux que chacune de nous réalise un fantasme jamais vécu,

Jamais tenté, un truc de ouf, un truc de kif, une folie, un Défi !

Nous sommes cinq, nous aurons ainsi à nous raconter cinq Défis pour un mariage !

Je vous embrasse, je me réjouis de vous entendre !

Héloïse.

Les quatre amies rirent encore, et Mya déclara :

— Tu penses bien que cela a mis le feu dans nos esprits, et ailleurs aussi ! Quelle lettre ! Heureusement que tu nous l'as envoyée bien en avance, il m'a fallu le temps de la réflexion !

— Quoi ! Tu n'avais pas d'idée ? s'étonna Ophélie. Toi ? renchérit-elle avec une pointe d'ironie qui fit sourire ses amies. Mya était la plus délurée d'entre elles, accumulant expériences et conquêtes, jouant de son charme pour tourner les têtes autour d'elle. Elle n'avait peur de rien, et savait séduire sans s'attacher, croquant la vie à pleines dents.

— Mais non, rit Mya aux éclats, j'avais trop d'idées ! J'ai dû faire un choix, ce fut dramatique !

Elles rirent encore, et passèrent les unes après les autres à la salle de bain, circulant nues, se succédant sous la douche, plaisantant, dans l'aisance naturelle de leur longue amitié. Puis elles repartirent dans leur chambre choisir leur tenue pour la soirée, se maquiller, se coiffer. Chacune circulait en petite tenue, empruntant à l'une ou l'autre un produit de beauté, un fer à lisser, un sous-vêtement. Mya avait passé un string léopard assorti à un balconnet très sexy et passait un vernis à ongle sur ses ongles de pieds posés sur le lavabo ; Ellen lissait les longs cheveux d'Ophélie en tenue d'Eve, Églantine paradait sur de hauts talons, revêtue d'un corset lacé de dentelles noires prêté par Héloïse, qui se mit à prendre des photos de ses amies, plaisantant :

— Encore quelques photos inédites pour notre blog secret ! « *Les cinq Belles de Besançon* » vont encore attirer les internautes… Qui ne connaissent toujours pas leur identité ! Je ferai attention de les découper sans les visages, ne vous inquiétez pas, les filles !

— Oui, sois prudente ! précisa Ophélie avec inquiétude. J'ai un nouveau job, ce n'est pas le moment de me faire remarquer de cette manière…

— Ah tiens ! Tu n'es plus dans ton petit garage ? demanda Églantine étonnée.

— Je te raconterai… répondit évasivement son amie.

Héloïse fit encore quelques clichés de ses séduisantes amies, puis passa son appareil à Mya pour se faire aussi prendre en photo, vêtue d'une nuisette de dentelle rouge à froufrous et d'escarpins, prenant quelques poses plutôt sexy, appuyée sur le bord de la vieille baignoire à sabot, puis déclara :

— Ce n'est pas parce qu'il n'y aura pas d'homme ce soir qu'on ne va pas se faire belles ! Je nous veux séduisantes et sensuelles, pour une soirée sans tabous !

3. BLABLAS DE NANAS

En fin de journée, les quatre invitées descendirent au rez-de-chaussée pour y rejoindre Héloïse qui avait tiré les rideaux, installé un CD de musique entraînante, et allumé de nombreuses bougies au salon pour lui apporter une note plus intime. Elles admirèrent son ouvrage et la suivirent en cuisine pour préparer les agapes. Sous ses indications, chacune entreprit une tâche. Elles mirent la table et préparèrent une grande salade, des amuse-bouche à base de saumon fumé, des arrangements d'huîtres sur un grand plateau. Elles riaient de se voir ainsi sexy, perchées sur de hauts talons et vêtues de manière toutes plus audacieuses les unes que les autres. Églantine déclara, haussant sa voix pour se faire entendre par-dessus l'air de zouk endiablé qui baignait la pièce :

— On est habillées comme pour sortir en boîte, c'est trop drôle ! Mais ce soir, nous resterons entre nous, et pour que mon histoire fabuleuse soit bien appréciée, je suis contente de vous voir aussi séduisantes, mes chéries !

Mya dansait sur place tout en coupant des concombres en petits carrés, sa tunique de mousseline transparente balançant au rythme de ses mouvements, dévoilant ses dessous léopard pour un effet des plus sensuels ; elle rétorqua avec assurance :

— Ton histoire est peut-être fabuleuse, la mienne est ébouriffante !

— Et la mienne trop excitante ! ajouta Églantine en remuant ses fesses dans un déhanché provocateur.

— Oh, tu bouges bien ! Comment fais-tu ce mouvement ? demanda Ophélie intéressée.

— Tu sais que je suis des cours de salsa ? Et voilà, on apprend à remuer le popotin, c'est très utile pour séduire en boîte… D'ailleurs…

— Quoi ?

— Oh rien !

— Ah… C'est pour ton histoire de ce soir ? taquina Ophélie.

— Peut-être bien ! répondit son amie en poursuivant son déhanché avec un clin d'œil.

Mya et Ellen les écoutaient avec un sourire, puis se mirent à la confection d'un tiramisu à la cannelle dont elles promettaient des nouvelles. Églantine commença à mettre la table au salon, juchée sur ses talons, ondulant en corset sexy, allant et venant depuis la cuisine ; Héloïse se mit à la photographier en lui faisant étudier sa cambrure de rein, ou se percher sur la table en croisant haut les jambes afin de mettre en valeur ses bas noirs retenus par des jarretelles ; elle faisait des plans rapprochés sur le joli cul de son amie orné d'une culotte noire à petit nœud coquin en bas des reins, qui arrangeait les couverts soigneusement près des assiettes blanches en ondulant avec impertinence.

— Pas mal du tout, essaie de mieux montrer tes fesses, ta poitrine ! Oui ! Ça fera une superbe photo pour notre blog, ma belle !

— Oui Madame, bien Madame, répondait son amie d'une petite voix ingénue en suivant comiquement ses recommandations comme une soubrette soumise.

Leurs amies s'amusaient de leur petit jeu, et Mya s'en mêla en venant corriger ses poses avec une spatule de cuisine, tapotant ici ou là, tandis que leurs amies riaient de ce petit jeu coquin.

Puis ce fut Héloïse qui prit la place de modèle. Vêtue d'une robe noire à franges virevoltant autour de ses cuisses, elle termina d'arranger la table en se déhanchant elle aussi, tandis qu'Églantine prenait des clichés en lui recommandant quelques poses. Elles s'amusèrent un moment ainsi, puis Ellen les appela :

— Hé les « *Top Models* », on a besoin de petites mains en cuisine !

Les deux amies la rejoignirent et se retrouvèrent à préparer la salade sans cesser de plaisanter. Ellen déclara :

— On est super bien ensemble hein les filles ? Elle termina le nappage de son dessert, lécha son doigt trempé de crème, réfléchissant :

— Avons-nous vraiment besoin d'hommes ? Nous sommes si bien ensemble…

— Quelle question ! s'insurgea Mya. Les amies, c'est bien pour la rigolade et nous retrouver, mais les hommes, on en a besoin pour le sexe, tout de même !

Ses compagnes firent des bruits de basse-cour, caquetant comme des poules hystériques, puis Héloïse ajouta avec ses mains sur le cœur :

— Oui, absolument ! Je confirme ! Mais vous oubliez une chose !

— Ah oui ?

— l'*Amour* !

Les caquètements reprirent encore plus, mélangés à plusieurs cris d'orgasme simulé. Ellen soutint son amie, songeant à Ronan et sa présence attentive et amoureuse, qui lui manquait déjà. Il l'avait laissée partir à son week-end avec une plaisanterie et un baiser : « *Tu seras un peu sage, ma coquine !* » Elle avait souri et rendu son baiser avant de partir, leurs regards croisés en une connivence implicite. Elle ajouta :

— Eh oui, les filles, l'amour ça existe, et c'est essentiel !

— Moi je n'ai pas encore trouvé de gars pour m'inspirer de tels sentiments ! déclara Mya. Je m'amuse avec les mecs, puis je me sauve avant qu'ils ne deviennent trop collants !

— Tu es un monstre ! gronda Héloïse avec un regard faussement courroucé. Comment fais-tu ? Moi j'ai rencontré Bastien, et c'était parti ! Amoureuse folle, impossible de l'oublier, incapable de manger ou de dormir quand nous sommes en disputes ! C'est mon âme sœur !

— Avec toutes les folies que tu as faites, tu es aussi romantique qu'une midinette ! plaisanta Ophélie.

— Ben oui ! Je crois que ce fut un passage déjanté dans ma vie, et que maintenant, Bastien me suffit complètement !

— J'hallucine… marmonna Mya, les yeux levés au ciel. Quel gâchis ! Tu penses à tous ces beaux mecs que tu loupes !

Elles rirent toutes aux éclats ; Héloïse persista dans son raisonnement, plaçant des services à salades dans le plat terminé :

— Mais non, rien à faire de tous ces mecs sur la terre entière ! Je suis persuadée que l'amour en couple est essentiel dans la vie, et qu'on se lasse des rencontres sans lendemain, bien que cela soit super excitant !

— Mais alors, questionna Églantine avec étonnement, pourquoi cette soirée à thème de *Défis* ?

— Pour fêter ce passage dans ma vie : la fin des folies de ma vie de célibataire, et le début de la construction d'un couple ! Tu comprends ? C'est vraiment le but d'un enterrement de vie de jeune fille non ?

— Absolument ! confirma Ellen, c'est logique.

Elles passèrent toutes au salon en continuant de discuter, et découvrirent avec admiration la table mise avec grand soin, les verres à pied alignés devant les assiettes blanches encadrées de services en argent comme dans un palace.

— Ouah, super ! s'exclama Ophélie.

— Bravo la soubrette ! félicita Mya en tapotant les fesses de son amie avec sa spatule.

— Merci Madame, répondit Églantine avec une petite courbette.

Elles s'assirent autour de la table, et commencèrent à manger les huîtres et les amuse-bouche arrosés de champagne, parlant avec animation. Elles formaient un charmant tableau, rivalisant en jeux de mots et en plaisanteries coquines, parlant des hommes, de la vie et de l'amour. La soirée battait son plein, les cinq amies étaient enchantées et dévoraient leurs créations culinaires. Ophélie demanda :

— Comment allons-nous faire pour les histoires ? Qui commence ?

— Y a-t-il un concours ? demanda Mya ? Gagne-t-on le prix de l'histoire la plus folle ?

— Toi, tu penses gagner… taquina Églantine. Mais ce sera moi !

— Qui sera le jury ? poursuivit Ellen ? Il faudra voter alors ?

— Moi je n'aime pas les concours ! déclara Héloïse avec fermeté en reprenant une gorgée de sa coupe de champagne. Les gagnants font des perdants, et c'est triste !

Les petits cris d'oiseaux et plaisanteries reprirent, puis Églantine embrassa son amie et déclara avec feu :

— Elle a raison ! Nous aurons toutes gagné ! Tout simplement ! Car un *Défi* sensuel, c'est personnel. C'est une victoire sur soi, d'arriver à quelque chose dont on rêve, ou qu'on n'a jamais pu réaliser ! Non ?

— Tout à fait ! confirma Héloïse. De plus, la sexualité, c'est impossible à évaluer ! Je propose simplement que chacune raconte son *Défi* en le mettant en scène comme elle le souhaite…

— Hohooo… fit Églantine… J'adore le théâtre ! Je ferai les trois coups !

— Oui, et nous écouterons avec attention ! ajouta Ellen.

— Sensualité ! poursuivit Mya.

— Et beaucoup de plaisir ! conclut Ophélie.

— Pour une soirée totalement érotique ! chuchota Mya d'une voix évocatrice et sensuelle.

— Mhmmm… Je ne peux plus attendre de vous écouter, mes chéries ! Allons, finissons ce merveilleux repas, et ensuite, nous passerons au salon ! proposa Héloïse avec un sourire ravi.

Les cinq amies finirent de déguster leurs repas, puis débarrassèrent la table en servantes des plus sexy. Églantine jouait la soubrette avec conviction, et s'amusa à dire :

— J'adore, j'ai l'impression de faire partie d'un Harem !

— Mhmm… Un joli fantasme ! Je l'aurais bien réalisé pour ce soir, mais je n'avais pas d'eunuque dans mes relations ! plaisanta Mya en ramenant les pots à eau à la cuisine.

— Et surtout pas de sultan sous la main ! Celui d'Héloïse fait la noce avec ses potes ! renchérit Ophélie, ses longs cheveux dansant à ses reins tandis qu'elle retirait la nappe de la table et la repliait rapidement.

Elles rangèrent rapidement la cuisine, papotant toujours, puis préparèrent du café. Elles gagnèrent le salon, emmenant le tiramisu et des petites assiettes à dessert, quelques bouteilles d'alcool, des biscuits. Elles baissèrent la lumière, ne gardant allumées que les bougies qui berçaient la pièce de lueurs dansantes. Héloïse changea le CD, qui diffusa une mélodie discrète pour une ambiance détendue ; puis elle s'assit à côté d'Églantine qui s'était à moitié couchée dans les coussins du canapé, ses pieds déchaussés repliés sous ses fesses. L'ambiance devint plus calme ; chacune se servit du dessert et du café, d'un petit verre d'eau-de-vie ou de liqueur et s'abandonna dans les coussins. Mya caressait les cheveux d'Ellen, allongée près d'elle, qui appuya sa tête sur son épaule ; leurs jambes gainées de fins bas de soie noire retenus à leurs hanches par de petits liens, se placèrent entrecroisées dans une sensuelle proximité. Ophélie s'était lovée de l'autre côté d'Églantine qui roucoula de bien-être, retirant ses seins de leur balconnet qui se sentaient un peu trop serrés, les laissant ainsi rayonner leur beauté en toute liberté. Elle demanda :

— Où sont donc ces masseurs nubiens qui doivent nous préparer pour le sultan ?

Toutes rirent doucement. Il y eu un long moment de silence, pendant lequel les cinq amies savouraient leur bien-être, entre digestion, calme partagé, bercé de musique douce. Héloïse servit les alcools, puis suggéra :

— Je propose que nous tirions au sort qui va commencer à nous raconter son histoire. Qu'en pensez-vous ?

— Oui, très bonne idée ! approuva Ellen qui avait retiré sa nuisette, se retrouvant en dessous chics dans les coussins. Quelle chaleur !

— Peut-on se mettre à l'aise pendant l'histoire ? demanda Églantine avec espièglerie.

— Qu'entends-tu par : « *se mettre à l'aise* » s'amusa Mya.

— Eh bien, se faire du bien ! répondit son amie en caressant ses seins doucement pour les faire se dresser aussitôt.

— Je crois que c'est même tout à fait indiqué pour apprécier nos récits ! rit Ophélie.

Héloïse arrangea cinq allumettes dans sa main et déclara avec solennité :

— Celle qui tirera la plus courte commencera !

— N'est-ce pas contradictoire de tirer une courte pour raconter une histoire de sexe ? demanda Ophélie avec un sourire coquin. Il y eut quelques rires puis les dernières participantes donnèrent leur avis.

— Je suis d'accord, et « *Que les sens inspirent nos indécences* ! » déclama Ellen qui avait remporté un prix de poésie en terminale et tenait à le rappeler.

— Ça roule, ma poule ! chantonna Églantine.

— Je tire, et je pointe, joua Mya.

Il y eut un silence pendant que chacune choisissait une allumette, puis ouvrait sa main lentement. Ophélie jura à mi-voix :

— Putain ! C'est moi !

— Pas de grossièreté, je te prie ! Nous ne sommes pas à un enterrement de vie de garçon ! se moqua Églantine.

— Bon. OK. J'assume. fit fermement Ophélie, se servant un verre d'alcool de prune comme pour se mettre en condition.

— On t'écoute, ma belle ! l'encouragea Églantine avec un sourire amical. Et puis, avant de commencer, tu pourrais nous dire où tu bosses ? Avant tu étais dans ce petit garage pour un intérim, et puis tu as laissé entendre que tu as changé ?

— Justement.

— ?

— Justement, cela fait partie de mon histoire, de mon *Défi* !

Il y eut un long silence, tandis que chacune digérait cette nouvelle surprenante. Puis Ophélie se cala dans ses coussins les yeux fixés sur la flamme dansante de la bougie posée sur la petite table devant elle, comme si elle revoyait les détails de son aventure. Les lueurs nappaient ses longs cheveux de reflets fauves, ses jambes gainées de bas noirs étaient allongées devant elles, ses seins dépassant un peu des dentelles de sa tenue. Elle commença de parler d'une voix basse.

Flash-back

4. OPHÉLIE
UNE SITUATION INATTENDUE

Il était 10h, l'heure de la pause. Ophélie en profitait pour passer en revue la liste des offres d'emploi sur Internet. Elle voulait vraiment changer de job ! Elle en avait assez de tenir la comptabilité de ce garage ! Ophélie rêvait d'un bureau design comme dans la série télé Dallas, avec un manager séduisant aux manières délicieuses, qui la convierait à des cocktails somptueux pour faire la conversation à des clients fortunés souriant de leurs dents très blanches. Au lieu de cela, elle travaillait dans ce local sombre, entre trois plantes vertes anémiques et quelques posters de camions assortis de jolies filles en bikinis. La porte d'entrée principale donnait une vue imprenable sur la pompe à essence, et l'autre accédait à l'atelier bruyant où travaillaient le patron et ses employés. Elle avait été tout d'abord heureuse de dénicher un job grâce à cette agence d'intérim, mais maintenant, elle déchantait. Cette vie monotone et sans éclat ennuyait Ophélie qui rêvait d'autres horizons, de glamour, de paillettes, et surtout d'aventure.

La jeune femme y songeait en suivant d'un œil distrait la liste des offres d'emploi, quand l'une d'elles attira son attention : « *On cherche secrétaire, maîtrisant les outils informatiques usuels, sérieuse et fiable, appréciant les situations inattendues. Poste très bien rémunéré selon compétences et motivation. Envoyer CV et photo récente* » Elle pensa : « *Des situations inattendues ? Voilà ce dont je rêve... Mais de quel ordre ?* » Son esprit enchaîna rapidement toutes sortes d'hypothèses, dont certaines un peu folles. Ophélie n'était pas naïve, à l'aube de ses vingt-huit ans, elle connaissait un peu le monde, et se doutait que cette annonce douteuse n'aurait pas dû paraître sur ce petit site Internet, si on avait été vraiment à la recherche d'un secrétaire ordinaire pour un emploi normal. Elle sourit à cette idée, et décida de tenter sa chance. « *On verrait bien. Advienne que pourra !* » De plus, elle venait de recevoir cette lettre délirante de son amie Héloïse qui la mettait au *Défi* de réaliser un fantasme fou, pour son enterrement de vie de jeune fille. Voilà l'occasion de lier les deux choses : son envie de changer de job, et la nécessité de réaliser une aventure un peu déjantée en vue de réaliser ce fameux *Défi* !

Ophélie rédigea rapidement une petite lettre de candidature qu'elle envoya d'un simple clic accompagnée de son CV ainsi que de trois photos pêchées dans son téléphone portable qu'elle avait téléchargées rapidement. Elle avait décidé de risquer le tout pour le tout en choisissant des clichés assez sexy, qu'elle avait réalisés un jour avec ses quatre meilleures amies. Elles avaient l'habitude de faire des photos en tenue légère pour un blog secret qu'elles avaient créé depuis leurs années d'études, « *Les Belles de Besançon* ». De nombreux internautes y passaient les admirer et y laisser des commentaires flatteurs qui les ravissaient. Leur amie Héloïse se chargeait de la gestion du site, de répondre aux visiteurs, de choisir les photos, de les retoucher ou les arranger. Elle prenait le temps de cacher le visage des modèles pour protéger leur identité. Ce blog secret était devenu un petit jeu très amusant qui liait les cinq complices dans cette activité clandestine et excitante à souhait. Elle s'amusaient à poser en tenues variées, jouant de leurs fantasmes pour attiser les désirs d'inconnus.

Ophélie souriait en songeant à cela, tout en choisissant ses photos : elle s'y montrait en minijupe et hauts talons, perchée sur une chaise ou assise à une table. Une vraie provocation qui ferait fuir un employeur normal. On pouvait admirer sa plastique attirante, ses jolies jambes prolongées par des chaussures très hautes, ses longs cheveux lissés noisette, son visage charmant éclairé par de grands yeux bruns. Très fière de sa témérité, Ophélie se remit ensuite au travail, en essayant de se concentrer sur les factures du garage.

Dans l'après-midi, Ophélie reçut une réponse à son mail. Le cœur battant, elle lut une convocation pour le lendemain après-midi à 14h. Elle fut surprise de ne trouver aucune allusion à sa tenue provocante, ni d'explication plus détaillée. Elle réfléchit ensuite que cela correspondait en tous points à la mention : « *appréciant les situations inattendues* ». Elle s'amusa à cette pensée, et eut beaucoup de peine à attendre la fin de la journée pour quitter son travail et préparer son entretien. Arrivée chez elle, la jeune femme se prépara avec soin, comme pour un rendez-vous galant. Épilation complète, masque de beauté, manucure, pédicure. Elle accomplit tout cela assise dans son canapé, regardant un film romantique à la télévision, tout en grignotant un petit en-cas. Elle se sentait fébrile.

Elle essayait de se préparer à ce qui pourrait se passer, sans y arriver, n'ayant aucune information précise. Elle décida de s'en tenir à son feeling, et de refuser ce qui lui semblerait désagréable. Soudainement prise de crainte, elle écrivit un mail à son amie Églantine, en lui précisant d'alerter la police si elle ne lui donnait pas de nouvelles le lendemain soir, en mentionnant l'adresse de son rendez-vous. Rassurée, elle profita de sa soirée en anticipant toutes sortes de situations inattendues. Elle s'endormit avec peine, échauffée, excitée. et se caressa longuement en imaginant toutes sortes de fantasmes peuplés d'hommes à la virilité triomphante.

Le lendemain, Ophélie passa une matinée perturbée, entre le travail et ses interrogations concernant ce fameux rendez-vous. Elle avait pris congé l'après-midi pour s'y rendre, et se retrouva à l'heure dite devant l'imposant bâtiment situé rue Bel-Air 38, dans le centre-ville. Il faisait beau, elle avait pris un taxi pour être à l'heure, tout semblait prometteur de réussite. Elle entra dans le hall central, ses pieds chaussés d'escarpins noirs résonnant sur les dalles de marbre. Elle avait passé une jupe noire très courte assortie d'une blouse de soie crème. Une veste beige complétait sa tenue. Ophélie avait hésité longuement ce matin pour choisir ses dessous, optant pour un ensemble blanc à dentelles, composé d'un string tanga qui mettait en valeur ses hanches et la découpe de ses fesses, et d'un soutien-gorge pigeonnant relevant sa poitrine, qui apparaissait discrètement dans l'échancrure de son corsage, pour un effet séducteur sans vulgarité. La jeune femme avait complété sa tenue par une paire de bas auto-fixant de couleur claire.

L'ascenseur la monta au quatrième étage ; elle trouva la porte de la société « *Simco and Co* », sonna, puis entra. Le directeur de la boîte, un homme élégant dans la cinquantaine, l'accueillit avec amabilité, souriant ; Il portait un costume gris qui découpait sa carrure ses yeux clairs brillaient dans son visage anguleux, son crâne chauve accentuait son apparence imposante. Il se présenta aimablement :

— Je suis le patron de cette société, mon nom est Patrice Déshusses.

Il posa quelques questions ordinaires à Ophélie sur ses références professionnelles, puis demanda brusquement :

— Puis-je vous demander de commencer immédiatement ? Nous avons une réunion, et notre secrétaire est absente, pouvez-vous la remplacer ?

— Oui, bien sûr, répondit Ophélie un peu surprise.

— Venez avec moi, je vous en prie.

Elle le suivit dans le bureau voisin, une petite salle meublée d'une grande table ovale autour de laquelle étaient assis une dizaine d'hommes en réunion d'affaire. Ophélie fut décontenancée. Cette situation ne paraissait pas sortir d'un cadre professionnel ; elle pensa avoir mal compris la teneur de l'annonce, et ne pas devoir s'attendre à quoi que ce soit d'extraordinaire. L'homme lui indiqua la table voisine où se trouvaient des tasses et du café et lui demanda de le servir à ses invités. Il se rassit et reprit une présentation qu'il avait peut-être interrompue avec l'arrivée d'Ophélie. Celle-ci se sentit intimidée par une prise d'emploi si rapide ; en servant la première tasse à son employeur, sa main tremblante projeta quelques gouttes de café sur la table. L'homme gronda sèchement :

— Quelle maladroite ! Cela mérite une correction !

Ophélie sursauta, déstabilisée. L'homme passa la main sous sa jupe, la retroussa, et lui administra une claque sonnante sur la fesse. La jeune femme se redressa, stupéfaite :

— Aie, vous êtes fou !

— Et insolente avec cela ! Au coin, Mademoiselle !

Il lui indiqua d'un geste impérieux la table à café. Ophélie hésita, puis curieuse de vivre la suite, s'y dirigea lentement, consciente de montrer ses fesses dénudées à toute l'assemblée qui ne se priva pas de commenter ce spectacle. Elle avait peur, mais se sentit terriblement excitée. C'était véritablement une situation inattendue... Les hommes commentèrent sans vergogne :

— Joli ! De belles fesses, mhmm...

— Très joli ! Un super beau cul !

— Une croupe bien dessinée, n'est-ce pas ? Ça bouge bien... Joli mouvement des reins... j'adore...

— En tout cas, il faut la corriger ! Qui va s'en charger ? Laurent ! Allez-y !

— Moi ?

— Oui vous ! C'est une première ? Eh bien, vous apprendrez !

Ophélie entendit un homme s'approcher d'elle, et peser sur sa nuque, pour la faire appuyer à la table, les seins pressés contre le plateau. Il les caressa par l'échancrure de son corsage, puis réunit ses mains dans son dos. Quelqu'un déclara :

— Attachez-la donc avec votre cravate, et corrigez-la !

Ophélie sursauta à ces mots effrayants, mais ne put bouger, tenue fermement par l'inconnu qui s'occupa de lier ses poignets. Elle sentit ses mains chaudes caresser ses fesses, puis les claquer l'une et l'autre sèchement. Elle cria autant de surprise que de douleur. Les assistants commentèrent à nouveau :

— Trop bavarde cette fille ! Faites-la taire, Laurent !

— Oui, faites-la taire ! Avec ce joli string de coquine !

L'homme derrière elle ne se le fit pas dire deux fois, et retira sans cérémonie la culotte de la jeune femme en tirant d'un coup sec. Le tissu céda ; sans relâcher la pression à ses poignets, l'homme le fit glisser dans la bouche d'Ophélie arrondie par la stupéfaction. Leurs regards se croisèrent, elle aperçut un jeune homme blond qui lui fit un clin d'œil coquin ; elle s'en rassura en se disant : « *C'est un jeu, fort excitant ma foi !* »

Il revint derrière elle, et la fessa encore, variant les endroits sur son cul, cherchant le beau son, celui qui claque bien sur la cuisse tendue, pour un chant mélodieux mais cuisant. C'était un novice, mais il apprenait vite. Il observait les réactions de sa belle victime, ses sursauts et ses plaintes étouffées, pour intensifier ou adoucir ses tapes, et intercaler alors quelques caresses délicieuses, passant la main entre ses cuisses et ses doigts dans sa chatte humide, dans un va-et-vient infernal, afin de causer chez sa victime plutôt consentante un effet des plus excitants ; il cherchait aussi en esthète convaincu, à obtenir sur la peau de son cul, une teinte rosie la mieux répartie possible, sous les conseils avisés de ses collègues qui admiraient la scène.

Ophélie trépignait sur ses hauts talons, attendant chaque fois le nouveau coup, oscillant entre crainte et excitation. Elle offrait un spectacle était magnifique ; des frissons parcourraient sa peau des reins jusqu'à la nuque ; décidément cette situation inattendue la rendait folle. Le regard de l'assistance électrifiait ses émotions, entre humiliation et plaisir de jouir, dans l'émoi de devenir un objet de désir.

Ophélie cria vivement à la dernière claque reçue, à bout de résistance. L'homme caressa alors son bouton, doigtant vivement sa chatte, et déclenchant un orgasme dévastateur chez la jeune femme. Un filet de cyprine coula de sa chatte extasiée le long de ses jambes tandis qu'elle se cambrait en arrière, dans en une longue plainte contenue sous son bâillon trempé de salive. Elle jouit longuement, les cheveux répandus dans son dos, le visage levé vers le plafond.

Les spectateurs applaudirent avec chaleur, et firent quelques commentaires enthousiastes. Laurent délia les poignets d'Ophélie, l'aida à se redresser, lui baisa la main avec un sourire ravageur, et retourna à sa place. La jeune femme reprit son souffle, et tenta de rassembler ses esprits. Son employeur demanda avec impatience :

— Bon, maintenant que c'est fait, nous pouvons avoir notre café ?

5. COMMENTAIRES

Ophélie avait terminé son récit et resta sans plus rien dire, un sourire rêveur aux lèvres, le regard fixé sur les flammes des bougies disposées sur la table, comme si elle y distinguait encore ses souvenirs brûlants. Il y eut un long silence, bercé par la musique douce qui flottait encore dans l'air, brisée par l'exclamation stupéfaite d'Églantine, :

— La vaaache ! T'es dingue ! Je crois pas ! En plus, tu ne m'avais pas dit que tu allais ainsi à l'aventure, j'aurais envoyé la cavalerie ! fit celle-ci en se relevant de ses coussins pour mieux regarder son amie, ses cheveux rouges hérissés par l'excitation, ses seins nus aux pointes dressées au-dessus du corset de dentelles.

— Tu es folle ! ajouta Héloïse avec véhémence. Tu as pris de sacrés risques ! Elle se redressa, tendue, sur le canapé.

— Moi, j'adore cette histoire ! intervint Mya avec un sourire complice, allongée paisiblement dans les coussins. Je comprends ce genre de *Défis*, où on ne maîtrise plus rien ; ça donne une belle décharge d'adrénaline, un sentiment unique de vivre une vraie aventure…

— Vous êtes nos deux intrépides, Ophélie et toi ! sourit Ellen. Personnellement, je trouve cette histoire fascinante ! Excitante bien sûr… Et aussi, c'est amusant : le *Défi* d'Héloïse a aidé Ophélie à quitter son garage, comme elle en rêvait… Non ?

— Hé si ! admit Ophélie. J'ai quitté ce garage miteux où je dépérissais, et je suis employée chez « *Simco and Co* » jusqu'à la fin du mois…

— Quoi ? T'es restée chez ces mecs depuis longtemps alors ? se récria Héloïse.

— Absolument ! Et je peux te dire : ce fut une place géniale, avec des situations inattendues tous les jours ! rit Ophélie avec malice.

— Mais tout de même, poursuivit Héloïse avec un regard sombre et outragé, ces types t'ont utilisée, non ? Tu as été un objet pour eux…

— Oh, que oui !

— Et tu y es retournée !

— Bien sûr, je jouissais sans arrêt… J'ai pris mon pied, je peux te l'assurer !

Il y eut un silence, Héloïse resta sans voix. Ses amies connaissaient ses convictions du respect entre hommes et femmes, et souriaient de la voir ainsi choquée. Mya expliqua doucement :

— Je crois qu'il faut comprendre tout cela comme un jeu. N'est-ce pas. Ophélie ?

— Oui, exactement ! expliqua Ophélie avec décontraction. Il y avait des moments de ce genre ou d'autres plus conventionnels : j'aurais pu dire « *Stop* » à n'importe quel instant. Je prenais mon pied, on jouait un rôle, on s'amusait. Ils prenaient leurs airs terribles, je faisais la nunuche et on s'éclatait grave…

— Tu en parles comme si c'était devenu régulier, s'étonna Églantine.

— Ben oui, j'ai passé quelques mois chez « *Simco and Co* »… Un vrai délice ! J'étais super bien payée, et quand j'ai voulu partir, ce fut avec un magnifique CV… Et entre ces moments hot, on discutait, on travaillait un peu, on sortait, on allait à des fêtes, des invitations diverses, et là, j'étais la secrétaire lambda qui faisait partie de l'équipe. Puis ça tournait… Certains matins à mon arrivée, je comprenais tout de suite d'après le regard du boss que j'allais me retrouver sur le bureau… Ou dessous !

— Je suis scandalisée ! s'écria Héloïse avec un regard noir vers son amie.

— Pourquoi donc ? Tu voulais un truc de *ouf*, non ?

— Oui, mais ça, c'est immoral !

— Pourquoi ?

— D'abord, ils se comportaient mal avec toi !

— Mais non, j'ai adoré…

— Ce sont des jeux de soumission ! expliqua Mya avec un sourire entendu. Ophélie aime cela… La frayeur, la surprise, les situations insolites procurent beaucoup d'excitation et de plaisir à celles qui aiment ce genre de plaisirs… Et à ceux qui les procurent… Concevoir les scénarios, surprendre, prendre ! C'est jouissif !

— Toi, ton histoire va être du même tonneau ! fit Églantine. dans un éclat de rire. Je le parie !

Mya sourit sans répondre, puis Ophélie reprit avec calme :

— Personne ne me forçait vraiment… Ce patron était directif, dominant, mais j'aurais pu partir, dire non, ou ne plus revenir ! J'ai vraiment adoré cette ambiance érotique qui persistait la journée entière dans l'équipe… Tu vois j'allais travailler en porte-jarretelles sous mes vêtements, ou nue sous un tailleur, j'étais excitée en permanence… J'avais un bonus pour ma garde-robe ! Je me suis acheté des tonnes de fringues ! Je suis devenue… Comment dire… très à l'aise en circonstances variées ! Je sais jouer maintenant, comme une grande !

Les cinq complices éclatèrent de rire, plaisantant et chantonnant. Églantine se pencha vers la table, et servit à chacune un jus de fruits alcoolisé, en commentant :

— En tout cas, tu as l'air de l'avoir bien vécu ! Tu n'as pas raconté la fin ! Je suis sûre que tu ne t'es pas arrêtée à servir le café ce jour-là !

— Mais si... J'ai servi ce café, puis j'ai passé un entretien professionnel normal... Assise devant mon patron à son bureau. Mes aptitudes d'anglais, ma connaissance en Excel, tous ces trucs habituels...

— Et ? questionna Ellen doucement.

— Raconte ! cria Églantine. ! Des faits !

— Oui, raconte ! demanda encore Ellen.

— Là, si je n'avais plus rien voulu, je serais partie...

— Mais tu es restée...

— Oui... J'ai accepté le poste. Il a compris que j'allais jouer le jeu... Nous nous sommes regardés... Intensément... J'étais excitée comme une folle ! Alors... Il m'a demandé de retirer mon string que j'avais remis depuis ma fessée. Hi hi... s'amusa Ophélie...

Elle fit une pause, regarda ses amies qui étaient suspendues à ses paroles, allongées lascivement dans les coussins du grand canapé, leurs yeux brillant dans la pénombre, leurs tenues sexy composant un tableau de peintre d'un harem oriental. Elle sourit et reprit d'une voix rauque, comme si elle revivait la scène :

— Assise devant lui, je l'ai retiré, lentement, lentement... en me relevant un peu pour le passer sous mes fesses... Il regardait mon entre-jambe, ma chatte... Je devinais qu'il devait bander comme un taureau...

— Mhmmm... fit Ellen avec un sourire complice. Très excitant... je vois la scène !

— Il m'a demandé de le lancer sur le sol près de lui…

— Bizarre ! s'étonna Églantine. qui se lova contre son amie en prenant sa main.

— Il m'a alors ordonné d'une voix basse, avec des yeux de loup-garou : *« À genoux… Apporte ! »*

— Je suis offusquée ! râla Héloïse, qu'Églantine fit taire de sa main libre plaquée sur sa bouche. Ophélie sourit et poursuivit son récit :

— Je suis descendue à genoux, lentement… Lentement… Sensuellement… En le regardant dans les yeux… Il était mort d'envie, sa queue faisait une sacrée bosse… Et là, j'ai compris quelque chose !

— Quoi donc ? demanda Ellen qui avait posé un baiser sur l'épaule de sa voisine Mya, allongée près d'elle.

— J'étais à genoux, soumise… et pourtant… C'était moi qui menais le bal… C'est dur à expliquer ! J'étais bien, sûre de moi, comme désirée, comme une reine !

— Oui, commenta Mya en réfléchissant. La soumission, c'est spécial. Le ou la soumise est parfois le maître implicite de ces jeux…

Ophélie observa son amie, elles se sourirent comme si elles se comprenaient intimement. Elle reprit son récit :

— Je suis allée ramasser mon string avec les dents… Et je l'ai apporté à mon patron… En ondulant des fesses, comme une petite chienne !

Il y eut des soupirs, des corps féminins qui remuèrent lascivement dans la fièvre des désirs suscités par l'évocation des plaisirs sensuels… Les auditrices imaginaient la scène racontée par leur amie et s'en trouvaient bien excitées, sauf Héloïse qui ne cachait pas son agacement. Ophélie continua :

— Il m'a félicitée, m'a caressé les cheveux, le visage, tout le corps… Mhmm, il avait de bonnes mains chaudes et habiles. Un délice ! Et puis, il a ouvert son pantalon... Et je me suis occupée de sa queue, fort belle ma foi ! Délicieuse, avec un parfum viril délectable, il avait bon goût, je vous assure !

Ses complices éclatèrent de rire, chuchotant quelques commentaires au sujet des membres virils issus de certaines braguettes.

— En tout cas, tu es devenue très spontanée dans tes mots ! remarqua Églantine. Tu n'aurais jamais rien dit de tel il y a quelques mois !

— Et puis, que s'est-il passé ensuite ? demanda Ellen toujours curieuse.

— Après un moment de ce traitement de roi, mon cher patron est devenu assez enragé, je dois dire ! J'ai testé les meubles du bureau, dans toutes les positions ! Le fauteuil : mhmm une vraie promotion ! Le bureau : très confortable ! Les commodes, ce fut bien commode ! Le tapis : pas mal, très érotique, mais j'ai eu les genoux enflammés pendant plusieurs jours !

Les cinq amies rirent encore, puis Ophélie expliqua :

— C'était un amant extraordinaire, il prenait la direction des opérations, mais ne me brusquait pas, et restait toujours attentif à mes réactions. Franchement, je jouissais continuellement avec cet homme ! D'ailleurs, je l'avais senti dès le début de notre première rencontre, et je ne me suis pas trompée...

— Et pourquoi es-tu partie, si c'était si bien ? demanda Églantine.

— Je me suis lassée le jour où il m'a demandé de passer sous le bureau pour un de ses clients... Ce type ne me plaisait pas, j'ai obéi sans enthousiasme, et ça a brisé tout le charme de la situation. D'un coup, je me suis sentie comme une esclave !

— Parce que tu n'as pas eu de plaisir ?

— Parce que c'était un autre ?

— Parce que je n'ai pas dit non, alors que je ne le voulais pas. Tout simplement. Ça ressemblait à une obligation professionnelle, je n'ai pas aimé. Aucune séduction, juste un ordre... expliqua Ophélie.

Il y eut un silence, chacune réfléchissant à ce qui venait d'être dit. Héloïse déclara :

— Je crois que j'ai réagi trop viscéralement à ton histoire, je dois admettre que ce genre de situation peut être très excitante ! Mais cela me choquera toujours, cette idée de se soumettre à autrui !

— Je comprends ta position, à chacun ses goûts ! Mais tu sais bien que je ne suis pas une femme soumise dans la vie ! C'est juste un jeu ! expliqua Ophélie avec patience. Il y a beaucoup de femmes émancipées qui adorent les jeux sexuels de soumission ! Regarde le succès de « *50 Grays of Shade* » !

— C'est vrai, et j'ai adoré ce livre, j'ai été bien excitée à sa lecture je l'avoue ! acquiesça Héloïse. Mais dans ton histoire, il y a aussi le risque de ne pouvoir refuser des choses ! C'est souvent un piège, de lier sexe et boulot ! Tu n'es pas de taille à dire non, cela conduit inévitablement à un abus de pouvoir ! Dont tu as fait les frais !

— Exactement. conclut Ophélie. Et puis...

— Oui ? l'encouragea Ellen avec douceur.

— Il se trouve que je suis tombée amoureuse de Laurent, et nous avons décidé de quitter cette boîte pour fonder la nôtre. Et voilà !

— Quoi ? Ce Laurent qui t'avait donné cette fessée ? s'exclama Héloïse avec surprise.

— Eh oui ! Depuis cette folle rencontre, quand on se croisait dans l'entreprise, c'était chaud ! On s'évadait dans le local de la photocopieuse ou au fond de la réserve, et on se sautait dessus, ouf ! On a aussi souvent partagé quelques intermèdes sexuels avec lui et mon patron, pour des trios endiablés... Puis les sentiments s'en sont mêlés... Il est devenu amoureux, jaloux... Il m'a demandé de quitter cette boîte, et voilà ! On s'aime, et on va fonder notre petite entreprise de pub à Besançon ! Et il n'y aura plus de patron dominateur, juste Laurent et moi !

— Incroyable ! souffla Héloïse. Ton histoire est invraisemblable, tu ne trouves pas ?

— Ma foi, tout résulte d'un certain *Défi*, tu sais ? se moqua Ophélie. Depuis, ma vie est devenue assez déjantée, mais j'adore ça !

— C'est génial ! commenta Églantine. avec enthousiasme. Tu as eu « *Quatre en Un* » ! Tu as pu quitter ton job, en dénicher un autre, puis encore un autre, avec un amoureux en prime ! C'est fabuleux, somme toute !

— Et en plus, tu as trouvé un amant qui saura te donner des fessées ! rit Mya. Ça c'est important !

— Oh que oui, depuis cette première fois mémorable, j'adore ! Cela m'excite énormément, et aussi cela donne des sensations très intenses, c'est même devenu indispensable pour moi dans les préliminaires ! Laurent aussi, alors ça nous donne des souvenirs de notre première rencontre !

Les cinq amies rirent et bavardèrent longuement au sujet de cette première narration des « *Cinq Défis pour un mariage* ». Héloïse était mi-figue, mi-raisin, bougonnant :

— Je ne savais pas que mon idée vous entraînerait dans des trucs aussi cinglés ! Voilà qu'à cause de moi, Ophélie sort avec un fou furieux qui la bat tous les soirs !

Toutes rirent encore, Ophélie calma les craintes de son amie :

— Mais non ma chérie ! Ne te fais pas de souci ! Je suis très heureuse de tout ce qui m'est arrivé, et de toute façon, j'aimais ce genre de petites folies, et j'en aurais de toute façon réalisées, même sans ta lettre ! Mais sache que tu m'as vraiment aidée à me lancer, à quitter le garage, et que ma vie avec Laurent est trop cool… Il ne me bat pas, ça n'a rien à voir, voyons ! On a une relation tout à fait normale au quotidien ! Détends-toi ma belle, il y a encore d'autres histoires de *Défis* à écouter…

Héloïse sourit enfin, et se rendit aux raisons de son amie. Elle retrouva ses allumettes pour les mélanger dans sa main et les donner à tirer à chacune, sauf Ophélie. Ce fut Mya qui trouva dans sa main l'allumette raccourcie. Elle déclara avec un sourire coquin :

— À moi de raconter mon Défi ! Mon histoire ressemble un peu à celle d'Ophélie…

— Je l'avais deviné, chantonna Églantine. Parce qu'il y a aussi une fessée ?

— Pas seulement ! Autre chose encore…

— Un mec zarbi ?

— Ah, ça ! Ben oui ! Je crois qu'ils vont tous l'être dans nos *Défis*… Pour des *Défis de ouf*, faut des mecs un peu cinglés peut-être ! rigola Mya en sirotant une gorgée de son drink. Mais y a encore un truc dans mon histoire comme dans celle d'Ophélie ! Tout petit… Mais essentiel !

Il y eut un silence pendant que les filles réfléchissaient. Puis Ophélie sourit et proposa :

— Une culotte ?

— Presque… Plus petit… Tu brûles !

— Un string alors ?

— Oui, il s'agit en fait d'une petite culotte, un tanga !

— Un accessoire indispensable qui devient inutile très rapidement ! plaisanta Ellen.

— Absolument ma belle, tu as bien résumé le paradoxe de ce tout petit rien ! renchérit Mya. Je vais vous raconter tout cela, mettez-vous à l'aise, les filles ! Ayez « *confiansse* »… susurra encore la jeune femme d'une voix ténébreuse, comme celle du serpent Kââ parlant à Mowgli. Mon *Défi* s'est déroulé il y a quelques mois, en janvier…

Flash-back…

6. MYA
L'AVENTURE D'UNE
PETITE CULOTTE...

Mya avait garé sa voiture le long du trottoir, sur cette place miraculeusement vide dans cette rue animée. Il faisait nuit, les lumières des vitrines faisaient briller le trottoir mouillé. Tout paraissait irréel dans le petit brouillard issu du crachin qui gouttait des toits par cette froide nuit de janvier. La jeune femme sortit de sa voiture, refermant sa veste bordée de fourrure autour de son visage charmant encadré de boucles brunes, sous lesquelles brillaient ses yeux verts. Chaussée de hautes bottes sur des bas foncés qui mettaient en valeur ses longues jambes, elle marcha lentement le long des immeubles sombres, cherchant la bonne place. Elle prenait une expression dégagée quand elle croisait un passant, puis reprenait sa quête. Elle devait dénicher un endroit facile à expliquer, dissimulé aux regards, sans être trop difficile à trouver... Comment faire ? Enfin elle dénicha l'endroit idéal : une plaque apposée au mur, portant le libellé : « *Médecin-Dentiste, FMH, Gigandet François* »... Cela conviendrait parfaitement pour le plan prévu. Mya regarda discrètement autour d'elle pour s'assurer de ne pas être pas remarquée, puis glissa l'enveloppe blanche derrière le panneau fixé au mur, dans l'espace entre celui-ci et la paroi. Juste ce qu'il fallait pour la cacher pour celui qui viendrait la chercher.

La jeune femme retourna rapidement à sa voiture et se glissa à l'intérieur. Assise à son volant elle écrivit un SMS sur son portable :

« *Plaquette de Médecin-dentiste, rue de la Gare 81, à gauche de la pharmacie, baisers de Mina* »

Mya reçut un peu plus tard un SMS :

« *Je l'ai trouvée, et j'ai ainsi ton odeur avec moi. Dis-moi, elle est trempée ! Bien excitée petite salope ?* »

Elle fit la grimace à ces mots crus, et répondit :

« *Oui, excitée ! Non, salope !* »

L'inconnu répondit simplement sans relever sa réponse agacée :

« *À demain, sois à l'heure ! Je te guiderai en chemin comme prévu ! Un baiser sur ton minou... Je l'adore déjà ! Bonne nuit petite Mina !* »

la jeune femme répondit avec un rictus ; le message implicite était passé, elle n'acceptait pas les insultes :

« *Bonne nuit, à demain...* »

Mya dormit peu, passant de rêves en rêves, hantés par la vision d'un homme la pourchassant dans les rues en brandissant sa petite culotte blanche, celle-là même qu'elle avait ainsi cachée derrière cette plaque austère, dans un préambule amusant pour ce rendez-vous coquin convenu avec cet inconnu rencontré au hasard d'Internet. L'homme avait mis une annonce cherchant une « *escort* », la jeune femme avait été tentée par cette proposition hors du commun.

« *J'offre 400 euros pour une soirée de jeux coquins sans lendemain. Homme quarantaine aimant s'amuser cherche corps féminin pour jouer. Soumise et coquine bienvenue, bien faite et sans tabou* ».

Mya avait aussitôt répondu, attirée par le ton léger du texte, amusée par le *Défi*. « Se vendre ? Quelle horreur ! » disent les braves gens. Mais elle était depuis longtemps tentée par l'idée de se mettre aux enchères, de lire le désir masculin dans le chiffre énoncé, de se sentir pour une fois achetée, voulue, payée. Elle voulait expérimenter cette impression, quitte à ne jamais le refaire et ne le dire à personne, pensait-elle. Ses parents en mouraient s'ils l'apprenaient, ses amis ne lui parleraient plus s'ils le savaient… Sauf ses amies du blog des « *Belles de Besançon* » qui trouveraient son idée extraordinairement « culottée », justement ! et excitante… Quoique… Peut-être seraient-elles choquées ? Pourtant la lettre d'Héloïse était très claire : « *Un truc de ouf* ! » Là, Mya avait certainement l'idée la plus folle de toutes ! De toute façon, elle voulait le faire une fois dans sa vie ! Un vrai fantasme dont elle rêvait souvent ! Décidément, cette annonce semblait écrite pour elle ! Elle se rappela le chapitre de son livre préféré quand elle était jeune fille, celui dans lequel Angélique Marquise des Anges était mise aux enchères, et sa frustration de la voir bêtement s'échapper avant de concrétiser son achat par son amant, le beau Joffrey… Si Mya avait écrit ce livre, elle aurait tourné l'histoire autrement, avait-elle souvent imaginé. Elle allait donc réaliser cette histoire elle-même, comme si elle était Angélique, c'était décidé ! Et cela ferait « *Deux en un* » : un fabuleux *Défi* pour l'enterrement de vie de jeune fille de son amie, et aussi la réalisation de son fantasme personnel ! Elle répondit donc à l'annonce par ces quelques mots :

« *Femme libérée et très coquine, corps bien fait et sensuel, libre pour demain soir…* »

L'inconnu avait renvoyé un mail, dans un jeu de séduction rapidement établi :

« *Comment es-tu, qu'aimes-tu ?* »

« *Je suis longue et brune, j'aime jouer, je suis sans tabou…* » La jeune femme répondait dans un style léger empreint de séduction, pour l'attiser, selon ce qu'elle avait compris de lui. Le dialogue se poursuivit pendant toute la journée, instaurant entre eux une complicité coquine jouant avec les désirs, Il expliquait :

« *Je suis aussi très-très-très attiré par les jeux du sexe. Et qui cherche à gratifier sa partenaire... À lui faire vivre de belles découvertes... Qui sait ? Alterner la chaleur d'une fessée avec la douceur d'une caresse...* »

« *Fessée—caresse... J'aime... Je suis parfois soumise... Quand il me plaît !* »

« *Et moi parfois dominant quand cela me chante ! Nous avons des points communs. J'ai bien envie de m'amuser avec ton corps. Ton corps de petite chienne soumise à son Maître.* »

« *Oui moi aussi. J'ai envie... Très envie...* »

« *Alors demain ! Je t'attends. Sois exacte, je n'accepterai aucun retard, ni insolence ! Tu viendras avec une lettre d'introduction de ton mari pour que je te dresse. Tu as compris ?* »

« *Oui, je viendrai.* »

« *Tenue impeccable, bas fins, souliers hauts, bustier, maquillée. Je ne tolérerai pas de laisser-aller !* »

« *Oui je le ferai... Pour vous.* » Elle passa au vouvoiement pour montrer que le jeu de soumission débutait, s'accordant au ton de plus en plus dominateur de son vis-à-vis.

« *C'est bien. À demain.* »

« *À demain.* »

Mya était mi-amusée, mi-inquiète. Mais le style épistolaire du personnage semblait plutôt cultivé, élégant, elle espéra ne pas être déçue. Il parlait de jeu ; elle adorait ce genre de situation, deviner la personnalité de ses rencontres, s'y adapter, comme une actrice au théâtre, pour jouer une histoire, sans s'impliquer émotionnellement ; elle savait très bien garder une distance émotionnelle lors de ses aventures, et ne tombait jamais amoureuse, préférant les aventures insolites avec des inconnus. Elle se prépara longuement pour se présenter dans une tenue selon les désirs de son Maître, qui semblait très exigeant. Elle soigna sa manucure, son épilation du corps, se coiffa, se maquilla plus soigneusement qu'à son habitude, intensifiant le noir autour de ses yeux, le rouge de sa bouche pulpeuse. Elle souriait en s'imaginant raconter son Aventure-*Défi* à ses amies, prévoyant les Oh et les Ah ! Elle partit à l'heure prévue, et reçut quelques SMS très précis pour son itinéraire, la guidant soigneusement à chaque carrefour. L'homme semblait très minutieux, perfectionniste.

« *500 mètres tout droit, tourner à gauche au giratoire, puis à droite aux feux...* »

« *Après le panneau de passage piéton, tourner à droite dans le premier parking, parque là ! Je t'attends, je t'ouvre la porte automatique* ».

La jeune femme suivit soigneusement les indications, et se retrouva enfin devant une belle maison de style moderne, éclairée dans la nuit. Elle sortit de sa voiture, portant un sac avec ses hauts talons et l'écharpe demandée, et se dirigea vers la porte. Elle entendit la sécurité déclencher la porte et reçut simultanément un SMS :

« *2e étage, porte de gauche entrouverte, entre, et mets l'écharpe sur tes yeux, attends-moi dans le salon* ».

Mya sourit avec excitation et un peu d'appréhension, percevant son bas-ventre se crisper de crainte : « *Dans quel guêpier s'était-elle donc fourrée ?* » Elle adorait cette invitation mystérieuse et surprenante, mais elle se sentait tout de même un peu inquiète de la suite des événements. Elle se trouva dans un couloir faiblement éclairé, et repéra une porte palière avec un nom apposé près de la porte. Des chaussures de toutes tailles étaient rangées au sol, comme celles d'une famille rentrée pour le dîner. Elle se sentit rassurée de savoir que cette maison comportait plusieurs appartements. « *Il y aurait des voisins qui pourraient l'entendre si elle criait au secours* », pensa-t-elle...

Elle prit l'ascenseur et pressa la touche du deuxième étage, en sortit pour se retrouver face à une porte entrebâillée. Elle repéra le nom de l'inconnu à côté de la porte, *« Raphaël Maillet »*, ce qui la rassura aussi. Elle entra et referma derrière elle, retenant son souffle. L'endroit était sombre, éclairé de quelques bougies apportant une ambiance sensuelle aux meubles design sombres et luisants. C'était un large espace ouvert, avec de grandes baies vitrées par lesquelles on pouvait apercevoir les lumières lointaines de la ville clignotant dans la nuit. Un feu crépitait doucement dans l'âtre près des canapés en cuir noir, tandis que la mélodie d'un opéra s'enroulait doucement dans les airs. Mya sourit avec plaisir ; cet endroit lui plut, esthétique et précieux, à l'instar des messages de son inconnu.

La jeune femme retira ses bottes et son manteau, les laissant sur le sol près de la porte, sans trouver de penderie. Elle chaussa ses talons et se dirigea vers le salon, son téléphone et l'écharpe en main. Ses pas résonnaient sur le parquet brillant. Elle frémit, imaginant son amant dissimulé dans une pièce voisine, les entendant avec excitation… Elle choisit de s'asseoir dans un canapé placé contre le mur, pour admirer cet appartement exceptionnellement beau, appréciant la musique et le crépitement des flammes. Elle se dit que l'aventure valait la peine d'être vécue quoi qu'il arrive ensuite, tant cet endroit était admirable et la situation exceptionnelle !

Son portable vibra, le message qu'elle reçut la fit sourire. Où donc se cachait l'inconnu qui l'accueillait ? Elle lut :

« Quand tu es prête, mets ton bandeau et attends. J'arrive ».

Mya admira une dernière fois cet endroit magnifique, puis se cacha les yeux avec la longue écharpe de soie. Elle avait la lettre exigée en main, et attendit sans bouger. Était-elle observée ? Impossible à savoir… Elle devait donner une image singulière, d'une femme en bas et talons, vêtue d'une jupe courte et d'un petit top dévoilant la naissance de ses seins, assise ainsi sans rien savoir de ce qui l'attendait. Elle décida de jouer son rôle de rebelle à dresser, bâillant ostensiblement et se plaignant à mi-voix :

— C'est long par ici…

Puis elle se coucha nonchalamment sur le canapé, cachant son sourire derrière son enveloppe. Elle allongea ses jambes pour les rendre le plus sexy possible, ses escarpins élégamment croisés sur le côté, et attendit…

Elle se sentait si bien dans cette atmosphère feutrée qu'elle faillit s'endormir… Puis elle sursauta en sentant un baiser sur sa bouche, et son enveloppe retirée de la main. Elle resta couchée, en attente. Elle perçut un froissement de tissu régulier tandis que quelqu'un marchait, comme s'il était vêtu d'un peignoir de soie. Elle se sentait vulnérable, ainsi aveuglée. Son cœur battait la chamade, ses autres sens étaient exacerbés, aux aguets, pour comprendre ce qui l'environnait et prévoir la suite des événements. Elle devina que l'arrivant s'asseyait dans un fauteuil voisin, puis qu'il ouvrait l'enveloppe et lisait la lettre, d'après les bruissements de papier tout près. Elle se retint de rire. Elle avait inventé un petit texte de son mari fictif et s'était bien amusée. Elle avait pris une écriture scripte pour transformer son écriture féminine, et avait écrit :

« Cher Ami, je vous envoie ma femme pour la redresser, cela ne va pas du tout !

Elle est insolente et rebelle, et de plus a brûlé trop souvent le dîner,

avec ses bavardages incessants au téléphone !

Faites ce qui vous semble bon, afin qu'elle me revienne plus obéissante !

Amitiés.

Jean-Charles ».

Mya se retenait de rire au souvenir de sa création humoristique, mais elle devait être prudente et ne pas fâcher cet inconnu. Qui sait, s'il était violent ? Mais elle ne pouvait le croire, estimant qu'un homme qui écoute une musique aussi harmonieuse ne pouvait être dangereux. Elle attendit en cachant sa bouche dont les coins se relevaient tout seuls.

Une voix masculine basse et chaude, lui dit d'un ton contrarié :

— Je lis à cette lettre que tu as besoin d'une remise à l'ordre, d'apprendre à manifester un peu de respect ?

— Je vais très bien, je suis tout à fait respectueuse ! répondit-elle avec insolence.

— Je vois qu'en effet tu dépasses les bornes ! On va s'occuper de cela.

Mya soupira ostensiblement, mais se sentit prise aux cheveux avec fermeté et tirée avec force pour se lever.

— Viens par ici.

La voix restait calme, impassible, autoritaire de manière subtile. Mya n'arrivait pas à savoir comment était cet homme, sa stature ou sa taille, ni où il se trouvait, car il semblait se déplacer autour d'elle. Il l'entraîna sur un siège bas, la guidant délicatement et fermement. Elle s'assit à tâtons désorientée. Elle perdait de son assurance, ne sachant à quoi s'attendre. Mais elle adorait cette impression de jouer au chat et à la souris avec cet homme ; elle avait envie de le tester comme une gamine désobéissante. Elle soupira comiquement, et fit d'une voix moqueuse :

— Bon, vous me faites votre morale et je m'en vais, d'accord ? De toute façon, mon mari est si vieux jeu... Il est impossible !

L'inconnu ne répondit rien. Mya sentit soudainement des mains relever sa jupe ; elle les repoussa mais reçut une tape sur la cuisse. Elle sursauta. L'homme continua de relever le vêtement, puis écarta ses jambes, offrant ainsi à sa vue son intimité, sa chatte nue entre ses cuisses gainées de bas noirs. Mya se sentit très vulnérable ainsi et voulut refermer ses jambes, mais une tape claqua sur sa fesse ; les mains écartèrent à nouveau ses jambes, les positionnant comme il le désirait. Mya soupira et se laissa faire, prenant une moue exaspérée. Une tape à sa joue la fit cesser. Elle resta sans bouger… Il reprit d'un ton courroucé :

— Je vois que tu es très capricieuse ! Nous allons remédier à cela.

— …

— Par contre, j'apprécie ce très joli spectacle offert à ma vue…

— Merci, c'est trop aimable !

Silence. Mya s'amusait bien, elle se sentait comme une pierre précieuse. Être le centre de l'attention, dans ce jeu de soumission était particulièrement valorisant, excitant, érotisant. Elle sentait son bas-ventre se contracter d'excitation, et frémit de plaisir. Une main claqua soudainement sa fesse, causant une brûlure qui augmenta son plaisir. La jeune femme cria :

— Aie !

— Tais-toi.

Une claque sur son autre fesse la fit sursauter :

— Aie ! Ça fait mal ! se révolta-t-elle.

Une bouche se colla à ses lèvres, une langue chercha la sienne pour un baiser voluptueusement troublant. Mya apprécia le savoir-faire de cet inconnu décidément plein de ressources.

Elle sentit des doigts dégager ses seins de son bustier et les caresser doucement, faisant dresser leurs pointes. Mya gémit de plaisir, très excitée. Cette aventure lui plaisait de plus en plus. L'homme la caressa longuement, jouant avec art avec ses sensations la faisant monter dans l'échelle des plaisirs et des désirs. Il s'intéressa ensuite à sa chatte qu'il trouva trempée, et félicita son invitée : elle était devenue une superbe soumise dans ce jeu érotique. Il la complimenta d'une voix basse qui l'électrisa :

— *C'est bien ma belle, tu es bien excitée, ne bouge pas !*

L'homme poursuivit ses caresses, puis la fit se lever et tourner, appuya sur ses épaules pour la mettre à genoux sur le siège, et entreprit de caresser ses fesses et de les claquer alternativement, variant les sensations douceur-douleur. La jeune femme gémit de plaisir, sursautant et criant à mi-voix quand les tapes se faisaient plus fortes. Elle avait perdu toute pudeur, relevant haut son cul pour accueillir les doigts de l'homme qui s'insinuaient parfois en son vagin, ou tournaient autour de son clitoris, pour des sensations délicieuses qui lui faisaient perdre la tête.

Elle tentait de ne pas réfléchir à l'allure qu'elle devait avoir, ainsi disposée, fesses à l'air, yeux bandés, seins échappés de son corset sous son torse, escarpins aux pieds. Mais elle s'en foutait, elle avait juste envie qu'il n'arrête pas ses caresses si délicieuses. *« Décidément, si cet homme la payait encore après, elle garderait un avis très positif sur la terrible situation de putain de luxe ! »*

L'inconnu caressa longuement la jeune femme, jouant avec son corps de *« petite chienne »* comme il l'avait promis dans ses messages, se plaisant à l'exciter, à la faire jouir, à la fesser ou la caresser jusqu'à la rendre folle de plaisir et de désirs d'être prise. Elle ne compta pas ses orgasmes, concentrée à profiter des sensations procurées par ce merveilleux amant dont elle ignorait toujours le visage. Elle jouissait en de longs sursauts, retenant ses cris, tétanisée, des frissons parcourant sa peau enfiévrée, tandis que l'inconnu poursuivait ses caresses savantes. Enfin, il se plaça derrière

Mya toujours à genoux, écarta les pans de son vêtement de soie dont elle perçut le tissu caresser ses fesses enflammées et sensibles, et relevant son cul pour le présenter à son membre durci, il prit sa soumise avec ardeur, la retenant par ses hanches, en de longs mouvements amples et puissants qui la firent jouir d'autant plus, avide de le sentir enfin dans sa chatte brûlante et avide. Son amant lui adressait des mots crus et flatteurs de sa voix basse, qui accentuaient ses sensations et son impression d'être une catin de luxe, un animal de plaisir, caressant ou fessant son cul en même temps qu'il allait et venait dans son sexe devenu liquide.

Puis l'homme se retira, passa devant elle, et la prenant aux cheveux, ouvrit doucement sa bouche de ses doigts habiles, tournant autour de ses lèvres, la préparant pour l'accueillir. Mya était d'ordinaire moins obéissante à ses amants ; mais ainsi aveuglée par son bandeau et par les plaisirs, elle suça avidement les doigts de son inconnu, uniquement concentrée à ne pas le décevoir, afin qu'il la baise encore. Elle reconnut le goût de son propre plaisir en fronçant le nez. L'homme la complimenta encore, et lui glissa sa verge épaisse entre ses lèvres, lui ordonnant de la lécher, de la sucer, allant et venant toujours plus loin dans sa gorge, avec douceur et fermeté.

La jeune femme ne pensait à plus rien d'autre qu'à satisfaire son amant, suçant et léchant à sa demande, les sens survoltés de plaisir, jouissant encore de se faire ainsi baiser par la bouche. Les mains de l'homme caressaient ses seins, son dos, ses fesses, tenaient sa tête, pendant qu'il la complimentait encore, pour plus de plaisir. Il devait connaître le pouvoir érotique de sa voix très basse, et ne cessait de parler à Mya qui se soumettait à tous ses ordres sans hésitation.

Puis l'homme fit lever son invitée, pour la guider toujours aveuglée par son bandeau vers une chambre, dans laquelle se trouvait un lit sur lequel il la fit allonger. Ils firent longuement l'amour sur cette couche, variant les positions, les plaisirs, les découvertes mutuelles, tout cela à l'aveugle pour Mya qui découvrit avec ses mains et sa bouche ce corps masculin, celui d'un homme de taille moyenne, musclé, aux cheveux très courts sous ses doigts curieux. Puis l'homme se coucha sur le dos et fit approcher la jeune femme à genoux au-dessus de lui, tête-bêche, la guidant pour qu'elle place sa chatte au-dessus de sa bouche, et vienne sucer son pénis encore demandeur. Ils firent ainsi un duo très érotique, gémissant de concert sous les plaisirs mutuellement échangés, jusqu'à exploser ensemble dans un orgasme dévastateur avec des cris de jouissance. L'homme éjacula dans la bouche de Mya en retenant sa tête contre son bas-ventre jusqu'à ce qu'elle boive son jus, tandis qu'elle-même finissait de jouir en longs filets de son eau intime qu'il dégusta sans hésitation. Puis il fit tourner Mya, et la fit s'allonger près de lui pour un repos bien mérité ; ils s'endormirent tous deux, repus l'un contre l'autre, enlacés.

Mya se réveilla quelques heures plus tard, seule dans le grand lit. Il faisait encore nuit. Elle avait perdu son bandeau qui avait glissé près d'elle. Elle se leva, sortit de la chambre sans voir personne. Elle dénicha la salle de bain et prit presque peur en se voyant, débraillée, échevelée, ses bas troués, les seins hors de son corset. Elle se sourit avec amusement, et passa rapidement sous la douche, se sécha avec une serviette de bain, évoluant avec plaisir dans cette salle de bain luxueuse. Puis elle se rhabilla, sortit dans le couloir, trouvant ses bottes et son sac bien en vue, avec son manteau plié sur une chaise. Sur celle-ci se trouvait une enveloppe blanche, avec son pseudo de correspondance inscrit en arabesques élégantes. « *Mina* »

Mya sourit et ouvrit le pli, y découvrant quatre billets de 100 euros avec un petit mot de remerciement pour la qualité de ses services :

« *Je suis heureux de cette rencontre, et te remercie de m'avoir offert ainsi ton corps et ses orifices de petite chienne, pour des plaisirs sensuels que nous avons partagés. Je suis content de Toi, Mina, A bientôt ! PS Je garde ta petite culotte en souvenir, son parfum me rappellera le goût de ta chatte si délectable... V* »

La jeune femme lut le message avec un frisson de plaisir et d'amusement ; elle s'habilla, rangea ses escarpins dans son sac avec la fameuse enveloppe, et toujours sans apercevoir son hôte, se dirigea vers la porte. Elle se retourna, devinant une ombre passer derrière elle et chuchota :

— Bonsoir ! Merci... J'ai aimé...

Elle ouvrit la porte et passa le seuil, savourant cet instant magique, inoubliable, fabuleux. Elle se sentait belle, forte, désirée, valorisée. *« Rien de commun avec ce que la société pense d'une telle expérience ! »* songea-t-elle. Elle sortit, tirant la porte doucement derrière elle. Elle descendit rapidement les escaliers, repassant en sens inverse devant les autres portes d'appartements anonymes. Elle se retrouva dehors, sous les étoiles de la nuit tombée. Elle regagna sa voiture, s'installa au volant, le cœur en émoi. Elle démarra, et dirigea la voiture pour reprendre sa route. En effectuant un virage dans la cour, elle regarda la maison obscure et devina au premier étage, une silhouette sombre debout sur une terrasse un peu éclairée qui lui fit signe de la main. Mya actionna plusieurs fois ses phares en salut et partit, un sourire de fierté aux lèvres.

« Elle avait réussi, elle avait gagné son pari complètement fou, de réaliser ce fantasme interdit, ce Défi de Ouf ! »

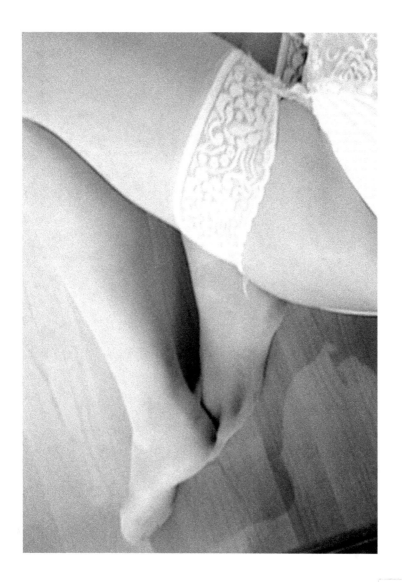

7. COMMENTAIRES

Mya avait terminé son récit avec une pointe de gaieté provocatrice dans sa voix, pressentant qu'elle avait réussi à surprendre ses amies, et peut-être même à les choquer. Elle se redressa, terminant son verre sans regarder personne, le cœur serré. Se penchant vers la table, elle saisit la bouteille pour se servir, et remplit son verre d'une main décidée, comme si elle avait jeté ses dés sur la table. Elle aimait prendre des risques, elle aimait jouer, elle avait toujours gagné. Mais là, elle avait soudainement un peu peur. Comment allaient réagir ses auditrices ? La jugeraient-elles ? Perdrait-elle leur amitié ? Leur respect ? La jeune femme rejeta ses cheveux en arrière, et les fixa avec curiosité, impatience, et crainte mélangées. Aucune ne parlait, devinant ses appréhensions, pesant ses mots. Puis ses amies remuèrent un peu, soupirant, s'éventant comme s'il faisait trop chaud tout à coup. Églantine souffla :

— Mon Dieu, quelle histoire ! Je n'en reviens pas ! Quelle folle tu es ! Il me faut un verre !

La jeune femme se releva sur son séant, ses cheveux rouges brillant dans la pénombre, ses yeux brillants trahissant un certain trouble. Elle se mit debout, et circulant à moitié nue dans son corset de dentelles, versa dans son verre une nouvelle dose d'alcool ainsi qu'à ses amies, qui rirent de la voir se comporter en soubrette de service. Elle accentua cet effet comique en se dandinant un peu, aguicheuse, coquine. Elle se rassit, croisa ses jambes pour un effet charmant, et poursuivit avec plus de décontraction, fixant son amie avec franchise :

— En fait, ton histoire est super excitante ! J'avoue que c'est un fantasme inavoué chez moi, d'être... rétribuée... Elle éclata de rire, dans la gêne de cette confession, puis ajouta :

— Mais bon, le souci, c'est…

— C'est ? questionna Mya un peu sèchement.

— Ben… Églantine hésitait : ça fait… On dirait…

— Ça fait « *pute* » ? demanda Mya d'une voix claire.

— Oui. Le mot est... terrible.

— Hé oui ! admit Mya. C'est un mot si lourd ! Maintenant que je vous ai tout dit, je me rends compte d'une chose bizarre : cette aventure aura été pour moi un superbe concentré de plaisir et d'intensité, mais la raconter fut le vrai Défi. En fait, le vrai Défi dans l'histoire… C'était de la dire !

— Oui, et quel Défi ! commenta Ellen calmement. En fait, tu t'es attaquée à l'un des principaux tabous dans notre société… Tu as franchi la ligne entre les « femmes bien » et les « putes », les « salopes ». Et en plus, tu as adoré ! C'est perturbant…

— Pourquoi est-ce si perturbant en fait ? demanda Ophélie qui avait aussi trop chaud, et retira son soutien-gorge qui la serrait. Ses seins, soulagés d'être libérés, se dressèrent orgueilleusement, encadrés par ses longs cheveux laissés libres autour de ses épaules pour un effet des plus charmants. Elle but à son verre, tandis que ses amies la laissaient réfléchir, admirant le tableau qu'elle présentait ainsi presque nue. Elle avait conservé son porte-jarretelles qui encadrait sa taille sous son nombril orné d'un petit brillant, et qui retenait ses bas noirs gainant ses jambes ainsi mises en valeur.

Ellen reprit la parole :

— C'est perturbant parce que nous avons intégré inconsciemment la notion universelle qu'une femme qui se vend est mauvaise, et que c'est honteux de sa part ! Je crois même qu'on peut parler de « *déshonneur* ».

— C'est un terme d'avant-garde ! se récria Églantine : « *Déshonneur* » ? Tu parles comme dans un livre du 19ème siècle ! Du genre : « *Ernestine fut déshonorée par le vilain marquis Saint-Machin, qui l'avait vendue honteusement au vicomte Alexis Duschmol-de Saint-Gonzague !* »

Elles rirent toutes à cette répartie ; Ellen poursuivit sa réflexion :

— Oui, et dans certains pays, une femme qui se vend est mise au ban de la société... Parfois incarcérée !

— Et le mec, il se tire des flûtes ! C'est la femme qui est mise à l'index ! se révolta Ophélie.

— Et parfois elle est tuée, ou lapidée ! compléta Ellen calmement.

Il y eut un silence. Églantine s'écria joyeusement :

— Ouf, ça ne t'arrivera pas, chère Mya ! Quelle chance !

Les cinq amies éclatèrent d'un fou rire évacuant la tension inavouée ; Ellen ajouta :

— Somme toute, nous aussi sommes envahies par cette idée de déshonneur ! Nous avons beau avoir créé ce blog des « *Belles de Besançon* » en croyant être très audacieuses parce que nous nous y montrons en tenue sexy... Nous sommes tout de même sous la coupe de cette notion très machiste !

— Machiste ! Comme tu y vas ! maugréa Héloïse qui n'avait encore rien dit. Tu recommences avec ton féminisme !

— Mais je maintiens mon analyse. La preuve ! Regarde notre réaction ! Nous avons été choquées par l'histoire de Mya ! Pourtant nous nous estimions très libérées !

— C'est normal ! la contredit Héloïse en fronçant les sourcils, évitant de croiser le regard de Mya.

— Qu'est-ce qui est normal ?

— De trouver cela déshonorant, voilà ! Mya sursauta, mais resta silencieuse, blessée, les yeux fixés sur son amie qui ne la regardait toujours pas.

— Et pourquoi ? persista Ellen agacée, reposant son verre sur la table.

— Parce que c'est honteux de se vendre ! On ne vend pas son corps ! déclara Héloïse en haussant le ton.

— La honte ne devrait-elle pas venir d'un acte qui fait du tort à quelqu'un ou à soi-même ? demanda Ellen avec détermination. Mya a donné et reçu du plaisir, dans un échange très clair de services...

— C'est scandaleux ! s'écria Héloïse. Tu as de ces termes ! On dirait que tu parles d'un échange commercial !

— La sexualité est faite d'échanges non ? coupa Ellen avec ironie. Regarde les bonobos !

— Mais on n'est pas des singes, bon sang ! fit Héloïse avec emportement. On a des sentiments, on a des relations ! On doit respecter sa propre valeur !

Ophélie intervint d'une voix apaisante, pressentant une crise survenir entre ses amies, partagées pour la première fois entre des avis très différents :

— Il me semble que dès qu'on dit : « *On doit* », « *On ne doit pas* », on est en plein dans des idées toutes faites, non ?

Il y eut un silence. Mya attendait la suite, découvrant ses amies sous un nouveau jour. Héloïse la surprenait par sa prise de position si radicale, tandis qu''Ellen montrait une ouverture d'esprit plutôt inattendue. Celle-ci demanda avec un sourire ironique :

— Et puis, quelle différence avec une femme qui attend un dîner et une sortie au cinéma, avant de coucher avec son amoureux ?

— Ce n'est pas la même chose ! rétorqua Héloïse.

— Ou bien avec une femme qui fait l'amour avec son mari sans désir, juste pour conserver son mariage et sa sécurité financière ?

Héloïse se leva avec fureur et cria avec rage :

— Tu me cherches ou quoi ? Tu es jalouse parce que je vais me marier ! T'es pas foutue de croire à un grand amour sans calcul ? C'est nul, tu es nulle ! Et toi Mya tu me fiches ma soirée en l'air !

Puis la jeune femme se rassit et éclata en pleurs, les mains cachant ses yeux. Ses amies se regardèrent ahuries. Puis Églantine se rapprocha d'elle et passa affectueusement son bras autour de ses épaules :

— Calme-toi Héloïse ! Mais qu'est-ce que tu as ?

Héloïse répondit entre rires et larmes, consciente d'avoir perdu son contrôle et de donner une image plutôt ridicule d'elle-même :

— Je me marie après-demain, espèce de gourde ! T'as oublié ?

— Ah oui ! J'avais zappé ça ! rigola Églantine avec naturel. L'histoire de Mya et votre engueulade avec Ellen m'a fait perdre de vue ce petit détail !

Les amies sourirent, leur soubrette avait le don de détendre l'atmosphère.

— Je suis désolée, ma chère ! fit Ellen en se levant pour embrasser Héloïse. Je t'ai trop poussée, j'ai oublié que tu es une future mariée, tellement j'avais envie d'argumenter !

Mya se racla la gorge:

— Excuse-moi Héloïse ! Je ne pensais pas gâcher quoi que ce soit ! Je voulais juste raconter mon aventure-*Défi* ! Je n'avais pas du tout prévu de rencontrer des réactions aussi fortes !

Héloïse sourit à son amie, et répondit :

— C'est moi qui suis désolée ! Je me rends compte que ton histoire m'a perturbée, je me suis sentie attaquée en tant que femme mariée !

— C'est ce que je disais ! reprit Ellen : Il y a des interdits inconscients qui nous régissent, et cela n'a rien à voir avec la vraie valeur des choses. Cela a trait avec les « *femmes bien* », qui sont les femmes mariées, et les autres ! Et Mya a transgressé ce tabou, cela nous a mises mal à l'aise, et même nous a fait nous déchirer !

— J'admets... réfléchit Héloïse. Tu as fait fort, Mya ! Je retire mes phrases assassines, je me suis énervée de manière exagérée, je l'avoue !

— Je regrette presque tout ça ! déclara Mya avec découragement. Non pas de l'avoir fait, c'était super génial ! Mais de vous l'avoir dit ! Comme si de le raconter avait tout sali ! Alors que j'étais super bien en partant de là-bas... C'était une belle histoire !

Il y eut un silence, chacune était touchée par le cri du cœur de Mya : Ophélie reprit avec douceur :

— Voyons Mya ! Tu n'es ni sale ni coupable de quoi que ce soit ! Je te trouve très audacieuse comme toujours, et je crois que cet homme se souviendra de toi... Sans penser à une « *pute* », mais plutôt à une super nana qui l'a charmé, et lui a fait vivre un moment inoubliable...

— Oui, il m'a écrit dans ce sens quelques jours après ! Pour dire à peu près cela ! Il voulait me revoir !

— Et ? demanda Héloïse avec curiosité.

— J'ai dit non, et effacé son adresse ! C'était un *Défi*, une expérience ! Le revoir aurait ajouté une notion de relation...

— Et aurait empoisonné la situation ! compléta Héloïse. Ce truc ne peut marcher que si l'on ne revoit pas l'autre, que si on garde cette fameuse distance que tu aimes conserver, n'est-ce pas ?

— Oui. Je ne veux pas d'attachement ! C'est le début des ennuis ! admit Mya avec un sourire complice. Je ne suis pas une femme à marier peut-être !

— L'attachement, c'est le début des souffrances, des affres de l'amour… ajouta Églantine avec malice.

Il y eut des soupirs, des rires, comme si cette évidence parlait à chacune.

— Enfin, on peut dire que tu nous as surprises, ma chère Mya ! conclut Héloïse avec un sourire. Je regrette ma colère, mais j'avoue que cela me pose de grandes questions ! On en reparlera plus tranquillement une autre fois ? C'était une histoire fascinante, excitante, mais elle m'a troublée, je m'en rends compte ! Je propose de passer au récit suivant, en espérant qu'il nous mette toutes d'accord !

— Oui, d'autant plus que si on y réfléchit, cela nous fait deux histoires de femme soumise ! analysa Ellen.

— Femme soumise mais forte à la fois ! rappela Églantine avec enthousiasme. Mya a bien géré son *Défi* ! Elle s'est montrée courageuse, coquine, et si amusante dans sa lettre du faux mari Jean-Charles ! « *Ma femme a brûlé le dîner* », haha !

— Ah oui, ce passage de l'histoire est hilarant ! renchérit Ophélie. Tu t'es bien éclatée, Mya ! C'est une super histoire, un *Défi* incroyable, audacieux… Transgressif… Jouissif !

— On peut le dire ! Un *Défi de Ouf* ! rit Églantine.

— Ça le fait ! J'ai trouvé ton histoire très excitante en tout cas ! ajouta Ophélie avec un clin d'œil, tendant la main paume en avant vers son amie qui la tapa avec entrain, souriante, soulagée de cet accueil enfin positif.

— Merci ! fit Mya avec un sourire apaisé. Elle avait réussi son *Défi* ; ses amies l'avaient entendue et lui conservaient leur amitié, elle était soulagée. Elle se rendait compte qu'elle avait pris le risque d'être rejetée par elles, et regrettait presque sa franchise.

Héloïse lui sourit en retour, et se tourna vers Ellen avec curiosité :

— Tu disais que cela fait deux histoires de femme soumise… La tienne est différente ?

Ellen sourit mystérieusement et répondit avec lenteur :

— Eh oui ! Mon histoire est d'une autre sorte ! Tu vois, j'ai eu très envie de profiter de ton *Défi* pour réaliser un vrai fantasme de féministe…

Ses quatre amies éclatèrent de rire, et rivalisèrent aussitôt de suggestions :

— Acheter un mec ?

— Le commander dans le catalogue de la Redoute ?

— le faire ramper ? Lécher tes pieds ?

— Lui faire dire : « *Oui Madame* » !

— Le faire passer sous ton bureau ?

— Lui ordonner de te servir le café vêtu d'un boxer couleur léopard ?

— Lui commander de marcher à genoux, et le piétiner ?

— Lui faire mettre des escarpins qui font mal aux pieds ?

— Oh ! Ça c'est méchant ! Le pauvre !

Ellen sourit encore et répondit avec humour :

— Rien de tout cela ! J'aime la simplicité, et je ne suis pas sadique comme un homme !

— Oh, mais certaines femmes aiment ce genre de trucs ! rappela Ophélie.

— Moi pas ! Je voulais une fois être celle qui mène le jeu, tout simplement !

— Joli programme ! apprécia Églantine. Alors ? Comment as-tu fait ?

— Tout simplement. J'ai attendu la bonne occasion. C'était la semaine passée…

Flash-back…

8. ELLEN

La voiture d'Ellen roulait sous le ciel bleu ensoleillé de ce beau samedi de juin. La jeune femme avait allumé la radio de bord, et chantonnait avec « Let's the sunshine in ». Ses cheveux clairs flottaient au vent de sa fenêtre ouverte, tandis que les pans de sa légère robe de mousseline se relevaient haut sur ses cuisses bronzées. Ellen souriait de plaisir en conduisant avec allégresse, elle se sentait pleine d'énergie. Ce début de week-end avait bien débuté par un shopping à Besançon avec ses quatre amies favorites. puis s'était terminé par un déjeuner sur une terrasse de bistrot, entre rires et confidences. Héloïse avait rappelé à ses invitées leur mission d'effectuer un *Défi* sensuel à raconter la semaine suivante, lorsqu'elles se retrouveraient pour fêter son enterrement de vie de jeune fille. Ses amies avaient souri sans rien dire, avec la mine de celles qui avaient déjà vécu leur aventure. Ellen avait déclaré avec calme :

— Moi, ce n'est pas encore fait ! J'attends la bonne occasion, la rencontre idéale !

Églantine s'était exclamée avec ironie :

— Attention Ellen ! Le temps passe, plus que six jours ! Si tu ne prévois rien, tu n'auras pas d'histoire à nous raconter ! Et je suppose qu'Héloïse te donnera un gage !

— Absolument ! avait ri Héloïse. Celle qui n'aura pas de récit croustillant à partager la semaine prochaine sera punie par la corvée de vaisselle le soir du mariage, ou par la place à table près de Belle-Maman !

— Horrible ! s'exclama Ophélie. Je ne supporterai pas ta belle-mère plus de deux minutes ! Heureusement que j'ai réalisé mon *Défi* !

— Ah oui ? demanda Églantine avec curiosité. Tu nous laisses un indice ?

— Pas question ! avait coupé Héloïse avec humour. Je veux la surprise ! Ophélie, tais-toi, ne dis rien !

— Pauvre Ellen ! se moqua Mya. Je suis sauvée moi aussi ! Mon Défi est réalisé ! Et je suis sûre qu'il est unique ! Tadammm…

— Je suis confiante ! avait répondu Ellen avec décontraction. Je n'étais pas pressée, je voulais réfléchir à ce que je voulais tenter ! Maintenant que je le sais, j'attends l'occasion, le hasard favorable…

— Tu es vraiment une intello ! avait ri Églantine. Moi, ça a été complètement spontané, je n'avais rien prévu du tout !

Sans répondre, Ellen avait souri d'un air mystérieux, puis fait dévier la conversation sur d'autres sujets. Elle roulait avec plaisir sur cette départementale bordée de grands arbres, entre les champs de blé prêts à être moissonnés, ondulant sous la brise. La campagne était déserte ; Ellen ne croisait aucun véhicule à cette heure la plus chaude de cette journée d'été. Elle pensait à ce fameux *Défi*, qui devait réaliser l'un de ses fantasmes secrets, alimenté par une lecture érotique au hasard d'un forum sur Internet. C'est alors qu'elle l'aperçut.

Il se tenait sur le bord de la route, le pouce levé. Un auto-stoppeur d'une trentaine d'années, vêtu d'un jean et d'un t-shirt, avec de simples espadrilles aux pieds. Il avait les cheveux châtains coupés court, un grand sourire aux lèvres, une apparence décontractée et virile. Ellen perçut le frisson au creux de son ventre, le désir naissant, avec ce feeling que c'était le fameux moment qu'elle attendait. Elle saisit rapidement le préservatif qu'elle avait préparé dans la poche extérieure de son sac à main depuis quelques semaines en prévision d'une occasion de ce genre, et le glissa sous sa robe, dans sa petite culotte au-dessus de son pubis. Elle freina de son pied chaussé d'une sandale légère, et s'arrêta près de l'inconnu. Celui-ci s'était reculé pour la laisser se garer sur le bord de la route, et se pencha vers la fenêtre ouverte. La jeune femme apprécia en quelques secondes un torse bien dessiné sous le vêtement, une taille étroite, un visage avenant, des yeux clairs, une barbe de quelques jours, un nez droit, un regard franc et plein d'humour. L'homme demanda avec politesse d'une voix assez basse :

— Bonjour, Vous allez sur Mulhouse ?

— Oui, justement ! répondit-elle avec un sourire charmeur. Venez, je vous embarque !

Il sourit, ouvrit la portière et s'assit à ses côtés, calant ses longues jambes dans l'habitacle. Ellen n'avait pas rabattu sa robe qui s'était relevée avec le vent de sa course, et savait que son décolleté mettait en valeur ses seins rehaussés par son soutien-gorge de dentelle blanche, qu'elle laissait un peu apparaître dans une suggestion sensuelle. La jeune femme remarqua le regard intéressé et surpris de son auto-stoppeur, lui sourit avec naturel et demanda :

— Vous attachez votre ceinture ?

— Ça marche ! répondit-il avec aplomb, laissant ses yeux caresser ses formes offertes à sa vue, tandis qu'Ellen engageait sa voiture sur la route, attentive à son propre émoi, consciente du trouble qu'elle faisait délibérément naître chez son compagnon de l'instant. « *C'est l'occasion que tu attendais, vas-y ma grande, lance-toi !* » se disait-elle, décidée à réaliser cette fois-ci ce fameux *Défi* qu'elle s'était promis de réaliser un jour : oser draguer un inconnu de passage, se l'offrir en quelque sorte, de manière complètement libérée. Un comportement inhabituel chez elle qui était d'une nature réservée et plutôt réfléchie. Pourtant ses opinions féministes se sentaient à l'étroit et réclamaient de nouvelles expériences, une affirmation de soi. Ellen sentait qu'elle devait réaliser ce Défi, pour devenir plus sûre d'elle, moins soumise aux désirs masculins, pour s'affranchir des normes sociales et devenir elle-même. Elle sourit à ses pensées, changeant de vitesse pour accélérer, percevant avec une délicieuse anticipation le regard de l'inconnu s'attarder sur ses jambes brunies, sur son corps de femme.

Ils roulèrent un peu, puis l'homme engagea la conversation, ce qui les entraîna dans une discussion variée au sujet du paysage, de l'attrait des villes de Besançon ou de Mulhouse L'inconnu expliqua qu'il se rendait à son garage rechercher sa voiture laissée en réparation. Il félicita Ellen pour sa voiture, sa conduite assurée, puis tous deux laissèrent le silence s'installer progressivement, échangeant quelques coups d'œil furtifs, puis complices. Le désir envahissait leurs corps, échauffait leurs sens, faisait briller leurs yeux. Ellen charmait son passager par ses gestes calculés dans une danse invisible et séductrice qui le fascinait peu à peu.

C'est alors qu'elle remarqua un chemin goudronné sur sa gauche, qui semblait mener à une forêt lointaine. Ellen ralentit et tourna sans hésitation, s'engageant sur la petite route secondaire. L'homme demanda avec étonnement :

— Mais vous allez où comme ça ? Ce n'est pas la bonne direction ?

— Ne vous faites pas de souci, vous verrez que cela nous mènera à bon port ! fit Ellen avec un regard coquin. L'homme parut surpris, puis répondit avec légèreté :

— OK ! Je me réjouis de découvrir votre itinéraire !

Ellen rit doucement, puis ralentit encore pour suivre les méandres de leur chemin de traverse qui accompagnait un ruisseau fort pittoresque, en lacets de plus en plus serrés. Ils parvinrent à un petit bois, puis à une clairière déserte. La jeune femme ralentit encore, freina, se gara sur le côté, arrêta le moteur. L'air était doux, on entendait le chant des oiseaux dans les arbres avoisinants, ainsi que le murmure paisible du cours d'eau tout proche. Tout était paisible, l'endroit semblait désert. L'homme restait silencieux, incertain, n'osant faire un geste déplacé qui aurait été mal interprété. Il n'était pas certain de comprendre les vraies motivations du comportement de cette belle inconnue, ébahi par son audace surprenante.

Ellen détacha sa ceinture, regarda son compagnon avec un sourire charmeur, et demanda avec un naturel désarmant :

— Tu viens ?

Elle quitta la voiture, referma la portière, s'appuya contre le capot brûlant, attendit. L'homme sortit lui aussi, ferma la portière, et fit le tour du véhicule, marchant à pas retenus, la fixant avec un désir empreint d'étonnement. Il s'approcha d'Ellen qui l'attendait dans une pose suggestive, un sourire aux lèvres. Quand il fut en face d'elle, la jeune femme ouvrit son corsage fermé de petits boutons qu'elle ouvrit l'un après l'autre, en regardant l'inconnu dans les yeux. Il sembla fasciné par ce spectacle affriolant, et se permit une caresse du bout des doigts sur le haut des seins bombés, tenté par le grain de sa peau douce. Elle sourit pour l'encourager, et défit complètement sa robe, qu'elle laissa tomber sur le sol, la laissant nue en sous-vêtements de dentelle blanche, debout devant lui. l'homme soupira, ses yeux empreints de désir et d'admiration, et demanda avec un sourire vorace :

— Tu es sûre ? Tu es magnifique, ma belle !

Ellen ne répondit rien, mais saisit ses poignets pour attirer les mains masculines sur ses hanches rondes, sous la taille fine. L'inconnu gronda de désir, et s'autorisa plus d'audace ; se plaquant contre Ellen, il prit sa bouche, tout en parcourant fiévreusement son corps voluptueusement offert. Il caressa son dos, descendant à ses fesses rondes, infiltrant une main sous la culotte blanche, attentif aux réactions de plaisir de la jeune femme, l'autre main montant à ses seins tendus contre sa poitrine. Il trouva son sexe déjà humide, puis insinua deux doigts à son bouton sensible, autour duquel il effectua de petits cercles délicats qui firent gémir Ellen de plaisir. Elle reprit l'initiative en passant ses propres mains sous le t-shirt de son inconnu, effleurant le torse plat, suivant le dessin des côtes avec curiosité, pour pincer légèrement les mamelons de l'homme qui grogna avec excitation, et qui accentua ses caresses. Ellen passa ses mains derrière elle et détacha son soutien-gorge, l'envoyant valser sur une branche d'arbre tout proche, attentive à ne pas l'abîmer irrémédiablement. « *Je l'avais acheté bien cher celui-là, attention !* » songea-t-elle avec amusement.

Le jeu devenait très excitant, la jeune femme se mit frotter son corps contre celui de l'homme, jouant à attiser ses désirs ; puis elle attrapa le t-shirt qui faisait obstacle et le remonta par-dessus la tête de son bel inconnu, qui l'aida à passer le vêtement, l'envoyant voler derrière lui. Ils rirent doucement, bouches liées, et poursuivirent leurs explorations fiévreuses, mains baladeuses, bouches joueuses… L'homme devint gourmand, osant découvrir de ses lèvres curieuses et de ses mains impatientes les courbes et les pleins de sa partenaire, grignotant ici ou mordillant là, se mettant enfin à genoux devant son odalisque offerte sans tabou, pour découvrir son trésor intime.

Il tira doucement la petite culotte pour la faire glisser le long des jambes de la belle, et fut surpris de trouver bien en évidence le préservatif opportunément prévu par sa conductrice sans tabou, caché en cet endroit précis dans une plaisanterie audacieuse et provocatrice. L'auto-stoppeur ne se démonta pas, et empocha le petit objet pour l'utiliser plus tard. L'homme poursuivit ses caresses, retirant complètement la petite culotte qui s'en alla se percher elle aussi sur une branche voisine. Ellen aima cette approche virile et sensuelle, et s'abandonnant à ces sensations délicieuses, osa ouvrir ses jambes et permettre à son auto-stoppeur de boire à la source ; il la fit jouir intensément, debout, nue, appuyée au capot de sa voiture, les yeux levés vers le ciel bleu entre les verts feuillages…

L'inconnu se releva alors avec une expression tendue sur le visage, affamé de la prendre. Ellen le comprit, et apercevant la bosse sous le jean, avança une main curieuse pour la caresser à travers l'étoffe. L'inconnu gémit de plaisir, soumis à ses doigts menus, qui ouvrirent avec précaution la fermeture pour en libérer sa queue dure. La jeune femme caressa la verge dirigée vers son bas-ventre, s'en servant pour se caresser elle-même, jouant entre les lèvres de sa fleur humide comme d'un objet de plaisir, la maniant avec fermeté et douceur, la faisant coulisser dans sa fente, caresser son bouton du gland si doux… L'homme gémissait d'excitation et de plaisir, puis à bout de patience, il saisit la jeune femme sous les fesses et la porta sur le capot de la voiture, la couchant avec douceur sur celui-ci. Ellen se laissa aller complètement, offerte à son inconnu, ouvrant ses cuisses pour l'accueillir en elle. Il sortit hâtivement le préservatif de sa poche, le déballa, le plaça à sa queue impatiente pointant fièrement par la braguette ouverte du jean, et avec un grondement de plaisir, il pénétra la jeune femme qui s'offrait à lui. Ellen cria à son arrivée, de plaisir et de soulagement, relevant ses reins pour mieux l'accueillir en elle.

Ils firent l'amour ainsi longuement avec emportement, puis plus tranquillement, puis encore plus follement, variant les positions selon les gestes ou les mots murmurés d'Ellen, qui avait décidé d'oser mener le jeu et de montrer ses désirs. Elle se permit des caresses et des griffures sur le torse masculin, des gestes langoureux, des doigts glissés entre les lèvres de son amant, des mots crus : « *Vas-y plus fort, oui, j'adore, encore !* » Elle lui tendit ensuite la main avec une œillade coquine pour qu'il l'aide à descendre de son trône, se pressa contre lui pour un baiser audacieux, jouant de ses formes contre son corps pour lui faire perdre la tête, puis se retourna gracieusement en s'appuyant contre le véhicule... Elle voulait se faire prendre en levrette comme elle aimait, sa poitrine pressée sur le capot de la voiture... Son amant ne se fit pas prier et debout derrière elle, écartant ses fesses pommées, il la prit avec fougue, le regard fou de voir cette croupe offerte à ses désirs... Il devint audacieux, se permit quelques claques fermes sur les fesses bombées, les pétrissant, les caressant... Puis il osait des caresses intimes entre ses cuisses, pour des passages brûlants qui la faisaient jouir. Ellen gémissait de plaisir, les yeux fermés, les cheveux répandus sur son visage appuyé de côté sur la tôle brûlante. Tous deux étaient excités par cette situation insolite, par l'environnement naturel qui amenait une note de sauvagerie à leurs ébats, ainsi que par la crainte d'être surpris par un promeneur...

L'homme retenait son envie de jouir tout de suite, concentré à satisfaire cette aventurière inconnue qui avait allumé un volcan dans ses reins, le rendant enragé. Il sentait le vagin d'Ellen se contracter par saccades, trahissant les orgasmes qui la traversaient, accroissant son propre plaisir. Il la retenait aux hanches et la prenait avec vigueur, sa queue butant au fond du vagin de la jeune femme, haletant, en sueur, tandis qu'elle se cambrait en criant parfois dans son plaisir.

Ellen n'avait plus d'inhibition, elle se donnait sans retenue, décidée à trouver le plaisir maximum dans cette rencontre imprévue. Les mains de cet homme étaient chaudes à sa peau douce, sa queue dure en son ventre allumait des papillons dans son ventre, incendiait son corps de plaisirs. Son amant murmurait des compliments ou des mots crus qui lui donnaient l'impression d'être belle, d'être femme et qui attisaient encore ses désirs : « *T'es belle, t'es chaude toi, t'es bonne, t'aime ça hein ? Mhmm... Quel cul tu as !* » Enfin, épuisés, les deux amants firent une petite pause, appuyés l'un contre l'autre sur le capot brûlant, se mangeant de baisers, écoutant les bruits paisibles de la forêt, chuchotant de petits mots doux ou coquins entrecoupés de rires contenus, puis ils reprirent leurs déchaînements. Ils terminèrent enfin en jouissances mélangées, criant à pleine voix, faisant fuir les oiseaux qui s'envolèrent à tire-d'aile.

Bien plus tard, Ellen déposait son auto-stoppeur devant un petit garage de banlieue, et repartait dans un vrombissement de moteur, cheveux au vent, avec un salut de la main par la fenêtre ouverte. Il s'appelait Colin, il avait trente-deux ans, elle ne le reverrait jamais.

9. COMMENTAIRES

— Super, quel beau fantasme ! Un auto-stoppeur de charme... Mhmm, j'adore cette histoire ! s'exclama Églantine avec un sourire ravi en s'étirant dans les coussins... Très excitant tout ça !

— Moi aussi, j'ai trouvé ton histoire très excitante ! déclara Héloïse. Avec un mélange de fantasmes très varié : sur le capot de la voiture, en extérieur, avec un bel inconnu, youhouuu ! Je crois que j'aurais bien aimé... Mhmmm... Elle sourit coquinement, caressant machinalement le haut de ses seins, dans un geste qui dénotait son trouble. Elle se pencha pour prendre son verre et but une gorgée d'alcool, les yeux brillants.

Ellen rit en observant le trouble de son amie, et expliqua :

— Je crois que c'est un fantasme très courant, celui de l'auto-stoppeur ! Ou de la stoppeuse ! J'avais justement lu un truc de ce genre sur mon forum de lecture érotique, et cela m'avait donné envie de le réaliser !

— Je me pose une question ! réfléchit Ophélie. Faut-il réaliser ses fantasmes, ou vaut-il mieux les garder dans son esprit pour y rêver à loisir ? Elle se leva, à moitié dévêtue, ses seins blancs brillant dans la pénombre, et se servit elle aussi un verre, puis se rassit dans le sofa, ramenant sous elle ses longues jambes gainées de bas noirs, regardant ses amies avec attention, dans l'attente d'une réponse.

— Je crois que c'est personnel à chacun, non ? réfléchit Ellen. Moi je voulais vivre ce fantasme-là, et je suis ravie de l'avoir réalisé ! Comme une expérience dont je me souviendrai plus tard, tu vois ? Un souvenir excitant qui me ravira toujours, entre la fierté d'avoir pu oser prendre des initiatives selon mes désirs, et le beau souvenir d'une aventure unique ! Elle changea de position, repliant ses jambes sous elle, pour mieux voir ses amies dans le feu de la discussion.

— Oui, parfois c'est super de les réaliser, comme un *Défi* personnel, en plus du *Défi* de ce mariage ! rit Ophélie. Mais moi, j'en ai quelques-uns très chauds que je ne tiens pas à réaliser... Je me dis : « *Et après ? Et si je n'en n'ai plus ?* » Ils font partie de mon imaginaire, comme s'ils faisaient partie de ma libido. Diminuerait-elle sans eux ? Ou bien, si cela me poussait à oser toujours plus loin, plus fort ?

— Plus dangereusement ? compléta Mya avec un regard entendu.

— Oui... sourit Ophélie. J'ai l'impression que dans le domaine de la soumission, les gens vont toujours plus loin... Et deviennent parfois un peu fous... Jusqu'à se détruire...

— N'empêche que comme toi, j'adore quand il y a du risque ! ajouta Mya avec un sourire complice. C'est tellement intense, fascinant... Comme une aventure...

— Il y a une dépendance aux hormones de stress qui décuplent le plaisir ! expliqua Ellen. C'est pourquoi je suis méfiante avec ces trucs de soumission. Tu donnes le pouvoir à quelqu'un pour gérer ta sexualité... C'est dangereux. Je veux choisir l'homme, les plaisirs, et ne pas dépendre de lui pour le recevoir ! Et ne pas devenir le jouet de mécanismes hormonaux ! Je veux pouvoir tout choisir ! Et choisir moi-même tout ce qui me concerne !

— Eh bien là, tu as géré comme tu le voulais ! souligna Églantine. Mais tu ne l'as pas soumis, ce bel inconnu ! Il a eu sa place d'amant, sans être diminué dans sa virilité !

— Oui, exactement ! admit Ellen. Je ne suis ni soumise, ni « *domina* » ! J'aime le partage ! Je suis pour l'égalité, même en amour !

— Tu es trop marrante, en fait, tu incarnes tes convictions socio-politiques aussi dans une rencontre sexuelle ! rigola Héloïse. Quelle conviction morale !

— Ben, c'est que moi, je ne triche pas... Ce que je pense dans la vie, je le vis en amour aussi ! On devrait tous le faire, non ? demanda Ellen agacée en buvant une gorgée de son verre, puis le reposant sèchement sur la table.

— Ne t'énerve pas Ellen ! fit Ophélie avec un sourire. À chacune sa façon de faire ! Moi, j'aime le contraire ! Je tente des situations hors normes, avec des inconnus qui prennent le pouvoir sur moi, pour rencontrer plus de sensations ! Pour jouer à être une autre ! Pour le *fun* ! Pour éprouver de la peur... qui accroît le plaisir... tu vois ? Moi je me demande si j'aurais vraiment aimé vivre cette histoire à ta place ? Le suspense me semble manquer...

— Tout de même, intervint Héloïse, Ellen a fait fort ! Elle ne connaissait pas le mec, elle ose tout en extérieur, ça donne un bonus !

Elles rirent à ce mot d'humour, parlant toutes en même temps :

— Un bonus ! Ça fait 20 points en extérieur ?

— Bon, faut admettre, si la famille Lampion avait déboulé avec une poussette et deux chiens...

— Ou un garde-champêtre, olala !

— Il aurait participé, qui sait ?

— Moi, je donnerais un bonus pour le cadre... Ça avait l'air très joli, bucolique, romantique !

— Absolument ! Le cadre, c'est essentiel ! acquiesça Ellen. Je me souviendrai toujours de ce bleu du ciel éclatant entre le vert des feuillages pendant que je jouissais... C'était absolument magnifique ! Un souvenir impérissable !

— Et la bagnole... C'est cool... Sur le capot, on est bien ?

— Super ! Juste à la bonne hauteur... Le rêve !

— Alors 20 points pour la voiture !

— Moi je donnerai un bonus pour le préservatif ! s'écria Églantine. Quelle bonne idée !

— De le prévoir ou de le mettre à cet endroit précis ?

— Que rigoureusement ma mère...

— M'interdit de nommer ici...

— Comme le chante...

— Georges Brassens !

— Les deux ! répondit Églantine avec un regard mutin.

— Quoi ? Tu ne le demandes pas toujours, Églantine ? fit Héloïse sur un ton sévère.

— Ben non ! fit celle-ci avec décontraction. Je n'aime pas, et les hommes non plus !

— Et les risques ?

— Je gère, je prends la pilule, je fais les tests, et je prie...

Ses quatre amies lui firent les gros yeux, elle continua sans se démonter :

— Et tout va bien, pas de morale, merci les filles ! De toute façon, Mya aussi, si j'ai bien compris, il n'en n'avait pas mis, ton fameux maître !

— Mais si, ma chère ! Il avait fait les tests SIDA et autres machins, et m'avait envoyé le résultat avant !

— Mon Dieu, quel homme organisé !

— Oui, n'est-ce pas ? C'était un vrai Maître ! Et un super amant en plus !

— Un duo-pack, et même payant !

Elles rirent puis firent silence, réfléchissant. Héloïse soupira :

— Quand même, faut faire gaffe !

— Ouais, mais c'est trop chiant de faire gaffe quand on veut jouir !

— Qu'importe le condom, pourvu qu'on ait l'ivresse…

— Ou bien : vivez à fond, accumulez les amants, ne vous privez pas !

— ?

— Régine Desforges, Sonia Rykel.

— Ah ouais ?

— Ouais. De vraies femmes libres.

— Qui pourrait être nos grand-mères !

— Ben peut-être sommes-nous libres grâce à elles, et d'autres libertaires ? fit Ellen avec conviction.

— Anaïs Nin…

— Françoise Rey…

— Oui, c'est un luxe, ce que nous vivons ! Choisir nos amants et notre façon de vivre notre sexualité ! rappela Ellen en se couchant à nouveau dans les coussins avec délectation. Son histoire était racontée, elle pouvait se détendre pour écouter la suivante. Elle était déçue par la réaction de ses amies, mais se disait qu'elle avait vécu ce qui lui plaisait : un *Défi* où elle ne perdait pas son libre arbitre, un *Défi* de femme forte et indépendante. Elle suivit avec intérêt la suite de la discussion qui avait divergé sur le port du préservatif. Elle était étonnée que sa prudence ne soit pas partagée par toutes les filles, et comprenait Héloïse qui avait entrepris de faire la leçon à Églantine, qui restait couchée dans les coussins comme une odalisque paresseuse, se câlinant contre Mya qui l'avait accueillie au creux de son épaule, allongée elle aussi confortablement :

— Tout de même ! avait repris celle-ci avec conviction en agitant l'index vers Églantine. Sois prudente ! Tu connais pourtant bien la célèbre phrase de Dechavanne : *« Sortez couverts »* !

— Oui maman ! rétorqua Églantine avec une petite voix. Mya poursuivit à son tour en la regardant avec affection :

— Elle a raison, tu sais ! Tu prends des risques inconsidérés. Promets-nous de te protéger à l'avenir !

— Oui, je promets sur la tête de mon prochain amant ! *« Le préservatif, c'*est *impératif, pas jouissif, amen ! »* marmonna Églantine comme si elle chantait une comptine, une lueur de fronde au fond des yeux.

La tirade les fit rire. Héloïse reprit ensuite son sérieux et déclara :

— Je crois que je vais donner la parole à Églantine, pour qu'elle nous raconte son histoire de rencontre spontanée… je suis intriguée…

— Oui, c'est vrai que je vous avais dit ne rien avoir prévu… rit Églantine. En fait je ne prévois jamais !

— Oui, ça on a compris ! gronda Héloïse. Les trois autres jeunes femmes complétèrent :

— Oui, on a compris que tu suis le courant de tes envies…

— La brise de tes pulsions…

— Le gré de tes fantaisies…

— Les opportunités de tes rencontres…

— Exactement, les filles ! s'amusa Églantine. C'est ma façon de vivre, je suis naturellement *zen* : je vis au moment présent, c'est inné chez moi !

— Allez, raconte ! s'écria Mya avec animation. Églantine sourit à son amie, et poursuivit avec un regard coquin :

— OK, je vais vous confier mon *Défi*. Soyez sages, allongez-vous confortablement, mettez-vous à l'aise pour écouter attentivement, chères auditrices et néanmoins amies !

Les jeunes femmes pouffèrent et lui obéirent, s'allongeant confortablement dans les canapés, entremêlant leurs jambes, se calant les unes contre les autres, se prenant les mains, laissant leurs corps se rapprocher. Elles formaient un charmant tableau, un méli-mélo de corps sensuels, de jambes gainées de bas noirs, d'escarpins entrecroisés, de seins pointant hors de dentelles noires ou blanches, de portions de peaux blanches ou mates, de chevelures brillantes, de sourires coquins... Églantine se cala dans les coussins pour mieux contempler ses amies, les admira un instant avec une expression ravie, puis démarra son histoire :

— Ce jour-là, je me trouvais à la piscine, au début de l'été... J'avais ce nouveau costume de bain, vous savez ?

— Ah oui, celui qui te fait un super joli cul ?

— Oui, celui-là... Enfin... ils me le font tous !

— Oui, tu as un cul superbe, mais raconte maintenant ! s'écria encore Mya en levant son verre.

— Oui, j'avais mis ce joli costume de bain, avec le petit volant sur les fesses**...** Celui avec des pois blancs sur fond noir... Trop *mimi*...

Les quatre filles se mirent à crier toutes ensemble, impatientes et un peu grisées par les drinks :

— Raconte !

— RACONTE !

— RACONTE !

— RACONTE !

— Eh bien, voilà !

Flash back…

10. ÉGLANTINE

On était en juin. L'eau turquoise du grand bassin clapotait doucement le long des bordures de pierre, étincelante de mille feux sous les rayons du soleil. La piscine municipale de Vernagez venait d'ouvrir ses portes avec les premiers beaux jours, et les estivants étaient venus en nombre profiter de ce bel endroit. De grandes pelouses accueillaient les familles qui s'étaient réunies par groupes près des jeux pour enfants, animés par d'innombrables bambins gambadant sous les yeux de leurs parents. Certains couples avaient élu domicile sous les grands arbres situés à l'écart, tandis que les jeunes gens préféraient se retrouver sur les terrasses bétonnées près des plongeoirs, dans un jeu de séduction estival. Les jeunes filles en bikini colorés marchaient par groupes en bavardant gaiement sans paraître remarquer les regards attentifs des garçons qui les observaient avec intérêt. Puis elles s'allongeaient sur les gradins de pierre surplombant les bassins, en étudiant leurs attitudes, relevant une jambe pour mieux rentrer le ventre et avancer leur poitrine, jouissant avec délectation du poids des regards masculins sur leurs corps presque nus. Elles découvraient le désir, la sensualité naissante de leur corps en éveil, les fantasmes, les jeux amoureux. Elles se racontaient des secrets en chuchotant, puis allaient se baigner, rejointes par leurs admirateurs pour des jeux aquatiques ponctués de rires et de plongeons. Les garçons rivalisaient de force et d'adresse, éclaboussant tout autour d'eux. Enfin, les groupes se faisaient pour faire connaissance.

Les adultes montraient plus de retenue ou plutôt de finesse, mais la stratégie restait la même. Se montrer, admirer, jouer de la prunelle, puis du verbe, pour des échanges qui pouvaient mener à de vraies rencontres. Les femmes arrivaient souvent seules ou par deux, selon un scénario personnel très étudié, vêtues d'un mini paréo ou d'une jupette qu'elles pouvaient retirer dans un *strip tease* séducteur, pour exhiber un maillot de bain mettant leurs formes en valeurs. Elles se coiffaient, mettaient de la crème bronzante ou lisaient, bougeant dans une chorégraphie parfaite pour attirer l'attention des hommes autour d'elles. Elles allaient se baigner en marchant délicatement, entraient dans l'eau et nageaient avec élégance, sans regarder personne, conscientes d'être observées. Elles retournaient à leur serviette pour se sécher au soleil, dans le bonheur animal et sensuel de vivre presque nues au soleil, de ce retour à la nature qui ranimait leurs sens.

La piscine municipale avait engagé trois maitres-nageurs d'une trentaine d'années, chargés de la sécurité des baigneurs. Ceux-ci se postaient souvent près des bassins et observaient avec détachement ces petits jeux de séduction, leurs yeux cachés par des lunettes de soleil leur apportant une séduction virile, rehaussée par leur peau bronzée et leurs corps de sportifs. Les muscles jouaient sous leur ventre plat, leur mâle assurance faisait fantasmer les estivantes qui reposaient en les admirant entre leurs paupières mi-closes, fascinées par ces hommes attirants et inaccessibles.

Ils semblaient des dieux descendus de l'Olympe, calmes et assurés, sereins. Ils géraient la sécurité des lieux avec compétence et autorité, tels les sauveteurs de Malibu en short rouges. Ils ne semblaient pas remarquer les regards enflammés de certaines admiratrices, qui avaient toutes en tête d'arriver à les séduire sans y parvenir. Les consignes de la Direction devaient être strictes, et ils se bornaient à accepter quelque dialogue avec les plus audacieuses qui allaient s'asseoir près d'eux, puis ils les quittaient pour vaquer à leurs tâches, conduisant leur tondeuse tels des Apollons balnéaires menant le char du Soleil dans le ciel !

Églantine adorait venir à la piscine municipale, surtout pour admirer ces superbes maitres-nageurs. Elle avait passé du temps à les aguicher sans aucun résultat, et s'en trouvait désappointée, n'ayant en général pas de peine à parvenir à ses fins auprès des hommes. Ses amies étaient dans la même situation, et les paris allaient bon train pour couronner celle qui réussirait à séduire l'un de ces fantasmes ambulants. La jeune femme s'était rendue aux vestiaires pour se changer, et avait entendu quelques dames qui parlaient justement de ceux-ci tout en se promenant nues ou en sous-vêtement entre les casiers d'habits et les bancs, parlant avec animation :

— Mais j'te dis…

— Impossible ! C'est impossible, ils doivent être gay !

— Mais non, voyons, t'as vu ces mecs ?

— Aucune nana n'a réussi à obtenir un rendez-vous ! Moi j'te dis, ils sont *gay* !

— Mais non, trop beaux !

— Justement…

— Tu rigoles !

— Non, c'est trop triste, toute cette belle viande !

Il y eu des rires. Églantine qui les écoutait en souriant, s'assit sur un banc pour retirer ses chaussures. Elle demanda :

— Vous parlez de ces trois maitres-nageurs ?

— Oui, bien sûr… Les *« Trois Super Mecs »* ! répondit une jolie brunette complètement nue, qui regardait son bikini fait de ficelles d'un air perplexe, ne retrouvant pas comment le passer. Églantine le lui prit des mains et le démêla, le lui rendant avec un sourire. La jeune femme la remercia :

— Merci, il est super top celui-là… Que des ficelles, mais je l'ai payé la peau des fesses !

— Oui, c'est toujours comme ça ! renchérit une dame replète qui passait derrière elle. Très joli !

— Merci, vous aussi, ces petits pois c'est toujours mode !

La dame partit avec un sourire, et la brunette reprit :

— Je suis dégoûtée ! J'ai tout essayé… Je leur ai même amené des *cookies* au chocolat, rien à faire !

— Des *cookies* ? Quelle drôle d'idée ! s'exclama une belle femme à cheveux noirs coupés court, qui se maquillait devant le lavabo, perchée sur des sandales très hautes, vêtue d'un sarong turquoise et les seins nus.

— Ben, je me suis dit, essayons par l'estomac ! Ma mère disait toujours que c'est un bon moyen d'attirer les hommes !

— Et alors ?

— Ils m'ont dit merci, et refusé de les manger, parait que c'est interdit par le règlement !

— Rhoo, quelle excuse ! Ils sont au régime ou quoi ?

— Ben, le résultat est top, en tout cas !

— Ouais, je voudrais bien en échanger un contre mon chéri et ses poignées d'amour, juste pour une nuit ! rigola une rouquine qui démêlait ses cheveux bouclés la tête penchée au-dessus du sol, son corps nu et pâle rougi par un petit coup de soleil que remarqua Églantine. Celle-ci ajouta :

— Moi j'ai compris qu'il y a deux jumeaux très beaux et sexy, blonds-roux, plus jeunes que le troisième plutôt noiraud il semble être le responsable de la piscine. J'ai entendu qu'ils s'appellent Bryan et Logan !

— Oui, c'est un rêve en double ! cria une femme qui prenait sa douche depuis le fond de la salle. Vous avez vu ces pectoraux ? Olala…

— Et ces abdos ?

— Et ce regard magnétique ?

— Ces dents étincelantes ? Ils travaillent pour Colgate en hiver ?

— Moi je pense qu'ils font top model !

— Acteurs porno ! Ah, il faudrait savoir dans quel film, pour aller vérifier si le tout est à l'avenant !

Les femmes pouffèrent à nouveau, la brunette soupira en s'asseyant sur le banc :

— Moi j'abandonne !

— Si toi tu abandonnes, personne n'y arrivera ! décréta la rouquine en se relevant dans un grand mouvement de tête qui remit ses cheveux en place. Elle trouva un string dans le fouillis de son sac, et s'assit pour le mettre, poursuivant :

— Tu es la reine de la drague, et pas de résultat ! Je persiste : ils sont gay !

— Mais non… Juste abstinents ? s'amusa une autre femme brune qui enduisait son corps de crème après-soleil.

— Impuissants ? supposa une autre debout à les écouter, vêtue d'une robe de plage et d'un chapeau.

— Tu parles ! Ils matent pas mal derrière leurs lunettes noires ! s'exclama la brunette.

— Oui, moi je suis sûre qu'ils sont intéressés par les nanas… ils se donnent un genre lointain, mais ils ne perdent pas une miette du spectacle ! renchérit la rouquine en passant une petite robe blanche sortie de son sac.

— En tout cas, moi j'ouvre les paris ! fit une autre femme avec animation.

— Qu'est-ce qu'on gagne ? demanda malicieusement Églantine.

— Un bon dans ma boutique ! cria la brunette. Je tiens le magasin de mode « *Si Belles* » près de la gare !

— Une pizza dans le bistro de mon père : « *la Carlotta* « ! ajouta la rouquine avec humour.

— Une entrée gratuite au cinéma « *Corso* » où je suis ouvreuse ! proposa une autre. Y a un Godard à l'affiche !

— Ah non !

— Je plaisante…

— Pari tenu ! dit Églantine avec assurance. Je me lance à l'assaut des « *Trois Super mecs* » !

Les femmes rirent aux éclats, et la jeune femme les quitta pour se diriger vers les bassins, vêtue de son bikini noir à petits pois blancs agrémenté d'un mignon volant sur les fesses qui remuait au rythme de ses pas ; Tout en cheminant sur les dalles agréablement brûlantes sous ses pieds nus, elle pensait avec un petit sourire aux lèvres : « *Super ! J'ai trouvé le pitch de mon Défi pour Héloïse, et je remporte un pari en même temps ! Avec en prime une place de ciné, sympa, une pizza, cool, et je me vois bien emporter ce petit corset de dentelles repéré dans cette boutique… Quant à l'un des trois Super mecs, n'importe lequel me fera passer un bon moment… »*

Tout en réfléchissant, Églantine sortit sa serviette de bain et s'installa sur l'un des gradins situés près du grand bassin avec un soupir de plaisir au contact de la pierre chaude. Elle appliqua sur sa peau de la crème bronzante en observant discrètement les alentours, ses yeux cachés sous des lunettes de soleil immenses à la mode cette année. Ses cheveux rouges étincelaient au soleil elle se sentait belle et désirable, à l'aise dans son corps de femme aux formes attrayantes. Elle se coucha sur le ventre et posa son menton sur ses avant-bras croisés devant elle, continuant de regarder autour d'elle. Les deux jumeaux étaient assis sur les chaises de surveillance situées à chaque extrémité de la piscine, leurs yeux cachés par des lunettes noires, leurs corps athlétiques au repos.

La jeune femme les observa avec attention, pour en conclure qu'ils ne devaient pas être insensibles au charme féminin, cachant leur intérêt sous des expressions impassibles. Elle remarqua la tension contenue de leurs muscles quand une jolie femme les abordait ou attirait leur attention, comme s'ils faisaient un effort pour ne rien montrer, dans un souci de professionnalisme. Elle nota qu'ils se faisaient en douce des clins d'œil quand une beauté féminine passait près d'eux, tandis qu'une bosse semblait durcir entre leurs cuisses. Elle rit toute seule, ravie de sa découverte : « *Gay ou impuissants, tu parles !* »

La jeune femme passa toute l'après-midi à les scruter, admirant leurs corps virils aux longs muscles dessinés nettement sous la peau bronzée parsemée de poils clairs brillant au soleil. Elle suivait mentalement du doigt la ligne des visages, la courbe des lèvres, des nez droits, des sourcils blonds, des fronts carrés. Elle jouait avec ses propres désirs, faits de fantasmes vécus avec l'un ou l'autre, puis l'un et l'autre, puis retombait dans un demi-sommeil. Elle se baigna plusieurs fois, jouant à attiser les désirs des maitres-nageurs sans s'en donner l'air, marchant avec sensualité devant eux sans les regarder directement, remuant ses fesses comme elle avait appris à le faire dans son cours de danse, sachant que le petit volant ajoutait une petite touche séduisante qui ne les laissait certainement pas de bois.

Puis elle retournait s'allonger sur les gradins tout en préparant son plan de bataille : « *De un, je ne peux rivaliser en beauté avec toutes ces nanas, elles sont toutes plus jolies les unes que les autres et ces gars leur ont résisté ! Il faut être plus sexy, plus maligne, il faut les surprendre ! Il ne suffit pas de les aguicher, ils sont blasés ! Tiens ! J'ai une idée !* »

Églantine sourit et attendit avec patience que la journée se termine. Lorsque les haut-parleurs de la piscine diffusèrent la mélodie annonçant la fermeture de l'établissement, elle se prépara, rassembla ses affaires et suivit la foule qui se dirigeait vers les vestiaires. Elle connaissait très bien les lieux et les étapes de fermeture accomplies par le personnel, car elle était toujours dans les derniers à quitter cet endroit si agréable. Elle passa au vestiaire, rangea ses affaires dans son sac sans se rhabiller, et repartit discrètement en sens inverse vers les bassins. Le soir tombait, les baigneurs avaient déserté les pelouses et les gradins, dans une fraîcheur du soir bercée par le chant des oiseaux. Le jour cédait sa place à la nuit, dans une ambiance qui devenait un peu mystérieuse, éclairée par quelques lampadaires apportant une lumière ponctuelle le long des cheminements de dalles claires. On entendait les maitres-nageurs refermer bruyamment les casiers qu'ils inspectaient chaque soir dans la routine de la remise en ordre des lieux, s'assurant que personne n'était resté ou que rien n'était oublié. Églantine savait aussi qu'ils fermeraient ensuite les grandes portes à clé, puis reviendraient vers les bassins pour terminer leurs contrôles.

La jeune femme s'était dissimulée dans un recoin obscur situé sous les plongeoirs, composés d'escaliers menant à diverses plateformes de différentes hauteurs. Elle sortit son I-phone de son sac, et le régla sur une mélodie de salsa sur laquelle elle avait appris à se déhancher dans son cours de danse hebdomadaire. Elle gravit rapidement les escaliers et s'aventura sur la dernière plate-forme, celle des cinq mètres. Elle posa ses affaires sur un muret, puis marcha sur la planche du plongeoir avec précaution. La musique résonnait dans la quiétude des lieux, attirant l'attention des maîtres-nageurs qui arrivaient vers les bassins, stupéfaits d'entendre cette mélodie imprévue dans cet endroit désert.

Ils aperçurent alors Églantine debout sur le plongeoir et restèrent ébahis, sans voix. Sa silhouette délicieuse se détachait clairement du ciel devenu obscur, illuminée par les lampadaires placés au fond du bassin éclairant les eaux de la piscine. Elle dansait avec sensualité au rythme de la musique, agitant ses fesses, ondulant de tout son corps, ses doigts fins terminant dans l'air des arabesques sensuelles, ses pieds nus martelant la planche caoutchoutée vibrant en cadence, comme une transe, dans une danse, prometteuse d'éveil des sens...

Elle les aperçut se placer devant le bassin, les mains sur les hanches et les jambes écartées, dans une attitude empreinte d'un mélange de désapprobation et d'étonnement. Églantine ne se démonta pas, et pour préciser ses intentions et les séduire, entama un lent *strip tease*, dansant encore sur place plus lentement ; elle retira son soutien-gorge et le lança aux pieds de l'un des jumeaux, qui resta statufié, puis sourit avec une expression carnassière. Encouragée, Églantine se caressa langoureusement les seins, remarquant avec amusement les yeux des deux hommes qui ressemblaient à ceux du loup dans les *comics* de Tex Avery...

Puis elle prit le temps de baisser lentement, très lentement, sa culotte à volants, puis se tournant pour montrer ses fesses, la retira, la remonta, jouant au rythme de la musique pour en tirer le plus de suspense possible ; enfin, l'ayant laissée tomber à ses pieds, elle l'envoya du bout du pied voler en direction de l'autre jumeau. Coquinement, elle se caressa les seins, tout le corps, encore plus lentement... Pour terminer, elle les regarda dans les yeux avec effronterie, caressa ses fesses nues en se déhanchant avec grâce, puis se plaçant au bout de la planche, elle prit son élan de ses deux bras écartés... et plongea sans hésitation dans l'eau illuminée de lueurs sous-marines...

Ses seins nus ressentirent fortement son impact dans l'eau et pointèrent en réaction immédiate, sa peau enfiévrée fut saisie par la fraîcheur de la piscine ; les sens attisés par sa danse impudique, Églantine était prête à tout ! Elle fut à peine surprise de percevoir entre les remous de sa nage pour remonter à la surface, un grand corps masculin nager vers elle, puis un autre... Une bouche se colla à la sienne, des mains

saisirent ses seins, d'autres se portèrent à ses fesses...
« *J'avais raison, ces gars ne sont pas gay du tout !* » eut-elle
le temps de penser avant de se sentir emportée comme par
magie vers les bords de la piscine. Les deux maîtres-nageurs
déployèrent leurs talents et leur puissante brasse pour la
ramener à bon port, certainement avec quelques idées
supplémentaires des soins à lui prodiguer ! Ils la déposèrent
dans une zone de la piscine où ils avaient tous pied, et
l'encadrant avec compétence, se mirent à lui faire un bouche-
à-bouche très efficace, prenant ses lèvres à tour de rôle, puis
passant derrière elle pour caresser ses fesses, infiltrer leurs
doigts entre ses cuisses à sa fleur consentante... Églantine était
ravie de ce début prometteur, et surtout très excitée par cette
situation inhabituelle. C'était déjà la réalisation d'un grand
fantasme que de vivre une telle rencontre dans la piscine
municipale, mais de le réaliser avec deux jumeaux dont les
bouches et les mains se succédaient sur son corps était
complètement extraordinaire. Et de plus, ces charmants jeunes
gens se montraient particulièrement entreprenants et habiles,
jouant avec son corps avec ardeur.

Parfois l'un d'eux plongeait pour embrasser et mordiller
son intimité, nageant entre ses jambes écartées, ses doigts
jouant à pénétrer son vagin de manière délicieuse, sa langue
émoustillant son clitoris pour des sensations voluptueuses.
Puis l'homme remontait à la surface pour embrasser la jeune
femme avec un goût de cyprine et de chlore, tandis que son
frère se transformait à son tour en squale sensuel. Églantine les
embrassait l'un et l'autre avec passion, avide de sentir sous ses
mains et sous ses lèvres ces deux corps musclés qu'elle avait
admirés toute l'après-midi. Elle était transportée de plaisirs
multipliés, ainsi que par l'ambiance mystérieuse et érotique de
ce bassin éclairé dans la nuit obscure, avec le flottement de
leurs corps bercés par les ondes.

Enchantée par ces approches excitantes, elle enroula ses jambes autour de l'un des deux jumeaux pour frotter son sexe avide sur la verge tendue, elle la saisit pour en apprécier la fermeté, jouant à la faire coulisser, puis s'en servit pour caresser sa fleur impatiente. L'homme qui l'embrassait avec passion grogna de plaisir, et jouant de sa langue, imita le geste qu'elle faisait, comme si leurs lèvres et leur bouche faisaient déjà l'amour. Impatiente, Églantine redressa le pieu tendu et prenant appui de ses pieds nus contre les cuisses musclées de son amant, s'empala lentement sur celui-ci. Ils poussèrent tous deux un cri de délectation, tandis que l'homme entamait un mouvement ample de va-et-vient, retenant Églantine par les hanches pour l'attirer chaque fois à lui plus profondément. Son frère placé derrière celle-ci, poursuivait des caresses plus osées, s'aventurant vers sa petite porte, jouant de ses doigts inquisiteurs sur le petit espace entre celui-ci et le vagin dans lequel pistonnait la verge de son jumeau. La jeune femme apprécia ce traitement et se cambra, puis jouit plusieurs fois dans un râle ; elle percevait son vagin se resserrer autour de la verge de son amant qui grognait à chaque fois, concentré à contenir son plaisir et une éjaculation trop rapide

Son amant se retira soudainement, tandis que son frère prenait sa place, l'attirant à lui par la taille avec un sourire coquin. Il embrassa à son tour la jeune femme, et la prit en un coup de rein impatient, puisqu'il avait dû attendre son tour. Églantine se cala contre lui par ses pieds nus, et accueillit avec étonnement en elle un amant différent, et pourtant semblable au précédent. Toutefois, celui-ci semblait plus fougueux, et les faisait se déplacer à chaque mouvement dans un flottement qui les emportait vers le bord de la piscine ; son frère s'était aussi placé derrière la jeune femme et la caressait avec la même désinhibition près de son anus, pour de nouvelles sensations délicieuses qui firent encore jouir Églantine. Celle-ci comprit que ce déplacement devait avoir été prévu par ses deux complices qui jouaient de son corps avec délectation ; ils changèrent encore de place, puis encore une fois, pour que chacun puisse l'embrasser et la prendre en de solides coups de reins qui démontraient un désir croissant. Tous deux étaient frustrés de devoir céder son tour à l'autre, se placèrent près du bord où l'eau était encore moins profonde, pour réaliser un trio de manière plus satisfaisante pour tous.

L'un des jumeaux qui la prenait avec vigueur face à elle, ralentit ses mouvements, la retenant à lui par la taille, prenant toujours sa bouche dans un baiser profond, tandis que son frère placé derrière elle intensifiait les caresses à son anus, élargissant le passage de deux doigts puis de trois, tandis que la jeune femme gémissait de plaisir. C'est alors qu'elle perçut son gland doux et rond en forcer le passage, doucement et inexorablement, tandis que l'homme la retenait contre lui pour la prendre ainsi par le cul ; elle n'avait jamais osé tenter cette position inédite, et ne l'aurait sans doute pas désiré, par un dernier tabou et par appréhension.

Surprise elle se laissa prendre, et fut étonnée de la jouissance ressentie. Les deux complices la prenaient avec douceur, attentifs à ses réactions, en mouvements synchronisés qui lui apportaient des sensations puissantes, des douleurs qui devenaient délicieuses puis électriques, des vagues de flammes brûlantes se propageaient de ses reins à sa nuque ; elle explosa de plaisir en cris aigus qui déchirèrent la nuit.

Excités par les réactions jouissives de la jeune femme prise entre eux, dont le ventre se contractait en vagues d'orgasmes intenses, les deux frères jouirent en elle dans un final inoubliable. Essoufflés et repus, ils se laissèrent tous trois flotter dans l'eau scintillante en souriant fièrement de leurs exploits. Églantine apprécia avec délectation ce moment unique, reposant entre deux paires de bras musclés, se laissant porter comme une reine, une sirène, entre ses deux chevaliers servants. Elle revivait mentalement cette impression inoubliable d'avoir été prise par deux hommes si semblables, d'avoir pu accueillir dans ses deux portes intimes deux sexes identiques, pour deux fois plus de plaisir, même si à la fin elle avait ressenti un peu de gêne et surtout de la crainte, dans les derniers spasmes enragés de ses deux amants fougueux : « *Tout s'était très bien passé et terminé* », songeait-elle. « *Mais au fait, qu'est donc devenu le troisième maître-nageur ? Nous a-t-il entendus ? Je crois avoir été bien bruyante… J'ai tellement joui, c'était super, quelle impression incroyable, wow ! Ces deux belles queues en moi, mhmmm, ce fut un vrai tsunami !* »

Elle réfléchissait à tout cela en échangeant un long baiser avec deux bouches jumelles aux langues curieuses se pressant à ses lèvres, ressentant avec délice les multiples mains baladeuses partout sur elle, quand une exclamation courroucée les fit sursauter tous les trois :

— Nom de Dieu, vous êtes tarés ou quoi ?

Ils levèrent les yeux pour apercevoir tout près d'eux, debout près du bord de la piscine, les poings sur es hanches, le troisième maître-nageur. Sa carrure imposante se détachait sur le ciel obscur, sa voix basse retentit encore :

— Vous êtes cinglés, nom d'un chien !

Les deux frères avaient cessé d'embrasser Églantine, et prirent l'air contrit. Ils l'emmenèrent vers le bord du bassin, et sans dire un mot, sortirent de l'eau en se propulsant sur le muret d'un mouvement puissant et souple. Debout côte à côte devant leur supérieur, nus, mouillés et piteux, ils attendirent la suite de l'algarade qu'ils prévoyaient ; ils se tenaient cois, **les mains posées sur leur sexe, comme des footballeurs attendant les tirs au but. Leur chef** ajouta rudement :

— Et en plus, je constate que vous avez joui dans la piscine ! C'est du propre ! Avec tous nos efforts pour avoir une eau parfaitement exempte de germes, là vous avez déchargé la totale, d'après ce que j'ai pu entendre !

— Oui, mais elle aussi ! se disculpa l'un des jumeaux piteusement.

— Oui, renchérit l'autre. Et puis, elle nous a séduits ! On n'a rien pu faire…

— Ça c'est la meilleure ! se révolta Églantine.

L'homme la regarda d'un air féroce, et ajouta :

— Vous, taisez-vous !

Églantine ferma la bouche qu'elle avait ouverte pour répondre encore, et estima qu'il valait en effet mieux se taire. En regardant son interlocuteur attentivement, elle le trouva fort séduisant avec son air outragé… Elle sourit, ajouta coquinement :

— À vos ordres ! Je suis toute à vous, mon colonel !

Il y eut un silence ; l'homme la regarda attentivement dans les yeux. Églantine soutint son regard avec assurance. Il changea de sujet, s'adressant à ses deux acolytes :

— Bon, vous deux, que je ne vous y reprenne plus ! Tout ceci n'est absolument pas réglementaire ! Filez vérifier le taux de chlore dans le local technique et vous pourrez quitter votre service !

Soulagés d'être libérés, les deux jumeaux jetèrent un œil vers Églantine toujours dans la piscine, lui adressèrent un baiser muet, puis disparurent rapidement dans la nuit. La jeune femme se retrouva seule devant le troisième maître-nageur qui semblait toujours aussi peu amène. Elle lui sourit et levant une main gracieuse vers lui, demanda d'une voix douce :

— Vous m'aidez à sortir ? J'ai froid, et j'ai besoin de me réchauffer, vous voyez ?

Sans dire un mot, comme fasciné, il la souleva d'une poigne solide, la faisant quasiment s'envoler vers lui. Elle atterrit contre son torse et s'y lova avec délectation, murmurant :

— Mhmm... J'adore les hommes décidés !

Sans gêne, elle l'embrassa, infiltrant sa langue entre les lèvres de son sauveteur, glissant une cuisse entre ses fortes jambes dont les poils chatouillèrent délicieusement sa peau douce, appuyant ses seins et tout son corps de femme contre sa chaleur virile. *« Somme toute, autant tester le troisième, je déteste quitter un magasin sans avoir tout essayé... »*, se dit-elle en un rire contenu. L'homme parut oublier sa colère et l'embrassa avec fougue, caressant son corps de ses grandes mains brûlantes, la faisant gémir de plaisir. La jeune femme s'offrait sans vergogne, les yeux mi-clos, songeant : *« Je ferai bien encore un tour de manège ; ce gars nous a interrompus trop tôt, j'espère qu'il ne va pas me laisser comme ça... »*

L'homme ne la laissa comme ça, et poursuivit ses caresses sur son corps, ses seins, ses fesses qu'il claqua ensuite tour à tour de manière décidée, l'invectivant à voix basse :

— T'es une petite chaude, hein toi ! Tiens, tu le mérites, une bonne correction ! Tu vas voir, tes fesses vont chauffer !

Églantine ouvrit de grands yeux arrondis par la surprise, puis remarquant sa propre excitation ranimée par les mots crus, ne se rebella pas, se bornant à accueillir les tapes qu'il lui administra de main de maître avec quelques petits cris de douleur qui semblaient plaire à son nouvel amant ; celui-ci poursuivit son œuvre, ponctuée de claques sonores qui résonnaient dans la nuit :

— Tiens, jolie salope, je vais te dresser, tu vas voir ! Tiens encore !

Églantine n'avait plus froid, au contraire, elle avait trop chaud. L'homme le remarqua et la retournant, l'appuya contre un podium de départ de plongeon, les mains posées sur le chiffre de départ. Elle se retrouva ainsi offerte, sa croupe relevée par des mains empressées, pour être enfin enfilée ardemment par une queue imposante qui la fit crier de plaisir.

L'homme avait retiré son short rouge, et la prenant par les hanches, se mit à aller et venir longuement dans sa chatte trempée, poursuivant ses mots crus, et des séries de claques bien ciblées sur l'arrondi de ses fesses, qui allumaient en Églantine de petits brasiers de jouissance, qui finirent par exploser en une tempête de sensations éblouissantes. Elle cria tandis que son vagin se contractait avec force autour de la verge dure de son amant. Celui-ci se retira ensuite, et redressant la jeune femme, la fit s'agenouiller devant lui, ordonnant :

— Tiens ma belle, de quoi te faire plaisir et m'en donner !

Il força ses lèvres de sa queue impatiente, retenant la tête de la jeune femme entre ses grandes mains... Il la baisa ainsi longuement, jouant de sa bouche pour se donner du plaisir, tandis qu'Églantine se laissait faire, l'esprit encore embrumé par sa dernière jouissance qui l'avait emmené bien loin. Elle était partagée entre le plaisir de goûter à ce membre viril qui emplissait sa bouche, et l'inconfort de la situation. Ses genoux s'écorchaient sur la dalle de béton, tandis que sa mâchoire lui faisait mal ; elle songea que cette queue devenait trop envahissante... Églantine n'avait pas de vocation de soumise, et décida d'abréger les choses. Elle retroussa les lèvres et donna un léger coup de dents à la verge qui s'imposait à elle, ce fut radical. L'homme jura et se retira, Églantine se releva prestement et demanda avec impertinence :

— Vous n'avez pas quelque chose de plus confortable et de plus agréable à me proposer ?

Le maître-nageur la fixa avec surprise, puis sourit, et répondit :

— Tu as raison... Je suis trop pressé... tu m'as rendu fou ! Je comprends mieux mes collègues, on ne peut pas te résister, ma parole ! Viens par ici...

Il la prit par la main, l'enlaça pour lui donner un baiser passionné, puis l'entraîna vers les bâtiments administratifs de la piscine. Ils marchèrent nus et emplis de désir, après cette rencontre si spéciale, pour une nuit de folies sensuelles... qui les occupa jusqu'au petit matin...

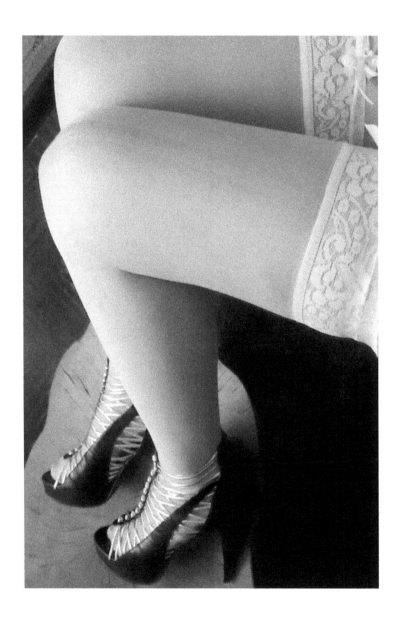

11. COMMENTAIRES

Églantine termina son récit en baissant la voix de manière suggestive, pour laisser traîner la dernière phrase :

— *Qui les occupa jusqu'au petit matin...*

Il y eut un long silence après ce récit du quatrième *Défi*. Puis les quatre auditrices soupirèrent, s'étirèrent dans les coussins, riant doucement, comme sorties d'un songe. Mya s'exclama avec admiration :

— Ben ma vieille, quelle santé ! Les « *Trois Super Mecs* » qui nous ont toutes fait saliver depuis l'ouverture de la piscine, pour toi toute seule ! Je suis jalouse !

— Oui, moi aussi, ajouta Ophélie d'une voix plaintive. Je n'ai rien réussi avec ces trois mecs et leurs lunettes noires qui nous snobent toutes... Tu as vraiment assuré, Églantine !

— Jalouse mais admirative ! corrigea Mya avec un clin d'œil. Tu as été géniale, maligne, sensuelle, et j'adore le final entre soumission et rébellion avec le troisième homme... Olala... C'est chaud !

— Torride ! renchérit Ellen avec une intonation sensuelle roulant les r.

— Dingue ! souligna Héloïse.

— Folies de *Ouf* !

— Folies aquatiques !

— Folies érotiques !

— Folies tout court ! clama Mya, suivie des rires de ses amies.

— Quasi porno, mon Dieu, une double comme dans les films ! Je n'ai jamais osé faire un truc pareil ! releva Ophélie en levant le doigt. J'aurais eu trop peur de paraître une *salope…* et d'avoir mal !

— Raconte ! réclama Mya. Tu n'as pas souffert ? C'est impressionnant, tout de même… Rien que l'idée, j'en frissonne !

— J'ai adoré, mais vers la fin, je n'en pouvais plus, c'est éprouvant ! Et ça fait peur, on se dit : « *Ces deux gros trucs vont me faire du mal, olala !* » Mais j'étais si excitée que ça s'est bien passé… C'étaient des amants magnifiques… ils ont fait attention, ils m'ont vraiment fait jouir du début à la fin, …

— Rhoo, et à double en plus ! s'amusa Ellen. Les doubles baisers c'est bien ?

— Olala, vraiment très excitant ! répondit Églantine avec un regard coquin. Et deux paires de mains sur tout le corps, je ne vous dis pas le bonheur… Le paradis !

— Mhmmm… Tu nous donnes des envies ! gémit Ophélie en s'allongeant langoureusement dans les coussins, puis retirant ses escarpins qui devaient la gêner. Elle leva en l'air ses longues jambes gainées de noir pour faire circuler le sang, offrant un spectacle charmant aux autres filles qui roucoulèrent comiquement, alternant quelques hurlements de loup affamé qui les firent rire aux éclats. Puis elles se mirent toutes à faire de même, retirant leurs chaussures et agitant leurs jambes en l'air, composant un tableau de style des Folies-Bergères. Ellen chantonna la mélodie bien connue du *French cancan*, et leurs dix jolies gambettes dansèrent en rythme dans l'air, pour un tableau coquin qui aurait enchanté un public masculin malheureusement absent. Leurs fesses encadrées des porte-jarretelles se dessinaient à merveille, sous les froufrous de leur corset.

Après quelques rires et plaisanteries, les cinq amies s'installèrent de nouveau bien confortablement dans les canapés, se servirent à boire, picorèrent quelques amuse-bouche disposés sur la table puis reprirent leur conversation. Ellen ramena ses jambes sous elle, et reprit :

— En fait, ton histoire est géniale, parce qu'il y a d'abord tout le côté de la séduction au bord des bassins. J'ai adoré ! Et en plus, moi aussi, je vais draguer par là-bas ! J'ai bien revu les lieux, l'ambiance *caliente*…

— Oui, moi aussi ! compléta Héloïse. J'ai passé toute mon adolescence à « *courser* » les garçons près de cette piscine !

— À se faire jeter à l'eau par les beaux gosses…

— En criant « *Non-non* »…

— Pour dire « *Oh oui…* »

— À comparer nos seins, nos fesses…

— Nos costumes de bain…

— À admirer les maîtres-nageurs…

— Inaccessibles…

— Porteurs de fantasmes impossibles…

— Et pourtant…

— Et pourtant…

— Ils n'ont pas résisté à l'irréductible…

— Minuscule mais déterminée…

— Petite Églantine gauloise ! s'amusèrent les jeunes femmes, dans une parodie des *BD* d'Astérix.

Ophélie remarqua avec admiration :

— Après l'épisode de la séduction déjà bien amené, le culot d'aller de nuit sur ce plongeoir ! T'es folle !

— Oui, mais j'ai bien fait ! répliqua Églantine. Je les ai surpris ! Ces gars-là sont blasés... Tu te rends compte, toutes les nanas qu'ils voient se pavaner toute la journée sous leurs yeux ? Il fallait que j'aie l'idée la plus originale possible...

— Et tu l'as eue ! souligna Mya en piochant une olive dans un plat. Elle but à son verre, et reprit :

— Mon moment préféré, c'est l'arrivée du troisième homme ! Un vrai dominateur ce gars-là !

— Ah notre Mya, toujours passionnée par les Maîtres ! se moqua Héloïse.

— Oui, il t'aurait plu, je pense ! répondit Églantine à son amie.

— Oh oui ! Dis, tu m'en as laissé un peu ? demanda Mya avec impertinence. C'est quoi cette histoire « *jusqu'au petit matin* » ?

— Ben tout simple ! On a fait des folies dans tous les coins et recoins de la piscine presque toute la nuit ! Ce gars est une bombe érotique ! expliqua Églantine. On a testé les grillages des casiers où il m'a accrochée par une chaînette pour s'occuper de mes fesses, les bancs, les tables, le bureau des surveillants, le bureau de la caisse, j'avais la tête dans la vitre du parloir, mon Dieu ! J'étais épuisée, je n'ai jamais autant joui de ma vie. Heureusement, il m'a raccompagnée en voiture, je n'en pouvais plus !

— Tu n'avais pas ta voiture ?

— Mais non, j'étais venue en vélo !

Les quatre jeunes femmes éclatèrent de rire, s'exclamèrent et rivalisèrent de moqueries et de jeux de mots. Mya se mit à chantonner sur l'air d'une chanson de Joe Dassin :

— À vélo, dans Paris, on rattrape les taxis !

— À vélo, dans Paris, en revenant de la piscine !

Héloïse demanda :

— Alors, tu vas les revoir ?

— Mais non, je ne crois pas !

— Pourquoi ?

— C'était super, mais trop exagéré ! Je veux conserver ce souvenir du *Défi*, ce n'est pas possible d'avoir une relation normale après un truc pareil !

— J'ai souvent la même impression ! réfléchit Mya. Ce sont des instants sublimes, mais il ne faut pas revoir ces gars ensuite ! Ça casse tout !

— Oui, après peut-être, on se rend compte qu'ils sont ennuyeux… ajouta Ophélie.

— Ou qu'ils veulent recommencer toujours des trucs de *ouf…* renchérit Églantine.

— Ou qu'ils nous déçoivent… Ou que nous les décevions… présuma Ellen.

— Non, Définitivement, après un *Défi* sexuel, le mieux c'est de ne jamais les revoir ! conclut Mya.

— Je pense comme toi ! ajouta Églantine.

— Comment tu feras pour retourner à la piscine ? demanda Héloïse.

— Tout simplement… Je me pavanerai devant eux, sans donner suite ! Ce sera super excitant et amusant… Croiser leurs regards, et faire mine de rien ! rit son amie. Mais c'est normal non ? C'est même toi qui nous as proposé un *Défi* sexuel ? Je suis bien notée, Madame ?

— Oui, en très bonne place ! rétorqua Héloïse avec une grimace. Avec plein de Bonus !

— Ah, chouette ! Merci, Madame ! fit Églantine d'une petite voix de soumise. Pourquoi ta question sur la suite des relations ?

— Simplement, j'en ai beaucoup vécues, fit Héloïse, mais je réalise qu'actuellement, je n'aime plus ce genre de rencontres sans lendemain !

— Ah oui, il faut dire que Madame se marie ! se moqua Ellen.

— Oui, avec le temps je me suis lassée des rencontres sans suite ! Vous verrez, vous aussi un jour, vous en aurez assez des coups d'un soir... Et vous chercherez un bon gars, un mec bien, un mari comme moi j'ai cherché et trouvé !

— Cause toujours, tu m'intéresses ! rétorqua Mya peu convaincue. Moi je resterai célibataire et libre !

— Moi, je crois que je chercherai un mec avec qui on peut vivre chacun sa liberté de son côté ! supposa Églantine. J'aime trop les aventures...

— Moi, j'aime Laurent, et je ne sais pas si on se mariera, mais on a décidé de rester fidèles ! expliqua Ophélie. Et toi, Ellen ?

— Je pense préférer une relation libre avec Ronan, mais avec des aventures personnelles qui doivent rester secondaires... avança celle-ci. Mais pas de mariage, je suis contre ! Mais toi Héloïse, tu pensais comme moi, tu as changé d'avis !

— Hé oui ! répondit Héloïse avec un sourire. On change avec le temps ! J'ai eu envie de me poser, d'avoir des enfants... je me suis lassée des aventures... Et puis j'ai rencontré Bastien, et on s'aime !

— Et alors, vous serez fidèles l'un à l'autre ?

— Oui, on se marie justement dans cette idée, tout de même ! expliqua Héloïse.

— Alors vous allez vous ennuyer, non ? demanda Églantine avec inquiétude. Vous allez tomber dans la routine, dans l'habitude du petit coup du samedi soir après le film de 20h ?

— Mais non, tu vois, on en a beaucoup parlé… Tu sais bien que la sexualité est très importante pour nous deux…

— Oh que oui, surtout toi, qui a fondé le blog « *Les Belles de Besançon* » ?

— Il est au courant ? demanda Ellen.

— Oui, bien sûr, il adore ! Il nous trouve magnifiques !

— Hoho, s'amusa Ophélie, je vais être gênée quand je le verrai à l'église !

— Mais non, pas de souci ! la rassura Héloïse. Tu sais, il est très tolérant, et adore mon côté « *Défi* ».

— Ben alors, tu seras très sage, puisque vous serez fidèles ? la questionna Mya avec un zeste de provocation.

— Alors, pas tant que cela, rassure-toi ! la nargua Héloïse. La fidélité nous paraît essentielle, pour conserver notre couple uni. Nous pensons que si nous allons de gauche et de droite, il va exploser. Et en plus, nous voulons des enfants, et ils ont besoin d'un milieu familial stable. Alors, prudence…

— Bon des gamins, de la fidélité, ce n'est pas excitant du tout ! s'exclama Églantine. Tu n'as pas préparé de *Défi* alors ?

— Mais si ma Chère, et un sacré beau *Défi* !

— ???

— ???

— ???

— Quid, quo, quoque, quando ? fit Ellen qui aimait étaler sa culture latine en toutes circonstances.

— C'est tout simple, expliqua Héloïse avec fierté. J'ai conçu un super « *Défi de Mariage* » à réaliser avec mon mari, pour le surprendre, pour oser un truc nouveau pour moi, et aussi pour mettre du piment dans notre vie sexuelle... Et surtout en souvenir de notre enterrement de vie de jeune fille et de garçon !

— Ah, carrément... fit Ellen d'un air intéressé.

— Oh, un *Défi* en couple ! comme en patinage artistique alors ? fit Mya avec humour ! Des figures en couples, en double-couples, peut-être ?

— Des « porté-jeté » à deux, mhmmm... fit Églantine avec gourmandise.

— Des doubles Axel tête-bêche ?

— Des triple-sauts en couple ?

— Alors, là, Héloïse, tu m'intéresses ! s'écria Ophélie. Tu as donc un *Défi* à nous raconter, vécu avec ton futur mari !

— Oui, absolument, Jean-Pierre, c'est mon dernier mot ! s'amusa Héloïse en parodiant une émission de TV bien connue.

— C'est incroyable !

— C'est dingue !

— Je suis abasourdie !

— Vas-y, raconte !

— Oui, RACONTE !

— Allez, on t'écoute, raconte !

— RACONTE...

Flash-back...

12 HÉLOISE

Il faisait sombre en cette soirée de début avril, une petite bruine noyait le décor de la ville endormie. Bastien se gara devant l'hôtel « *Aux Trois Étoiles* », rue du Parc-Riant à Besançon, et relut sur son portable le message envoyé par sa coquine d'Héloïse : « *Mon cher futur mari, notre futur mariage ne doit pas s'accompagner d'ennui, n'est-ce pas ? Pour fêter dignement notre union, je t'invite à déguster avec moi une petite surprise que j'espère délicieuse et inoubliable... Rendez-vous ce vendredi à 21h, chambre 736, fais-toi beau, et sois prêt à tout ! »*

Le jeune homme sourit avec anticipation, les sens aiguisés, le sexe déjà bien à l'étroit dans son pantalon. Il avait eu le temps de passer chez lui prendre une douche, prolongée par un rasage et une épilation intime, puis avait passé une chemise grise sur un pantalon noir, des chaussures foncées, avant de prendre sa veste et de filer au rendez-vous donné par sa fiancée. Il passa tout droit devant le bureau d'accueil sans se faire remarquer, et se glissa dans l'ascenseur qui l'emmena au septième étage, « *Peut-être pour le septième ciel ?* » pensa-t-il, ne sachant pas du tout à quoi s'attendre. Leur couple jouissait d'une vie sexuelle libérée et joyeuse, et les deux amoureux avaient décidé de se marier sans perdre cette belle sensualité festive. Ils s'étaient promis la fidélité mais sans la routine, chacun se promettant de surprendre l'autre régulièrement par des sorties imprévues, des rendez-vous galants.

Héloïse déployait une ardeur mêlée d'abandons et de tendresses, mais aussi de jeux et de rires, tandis que Bastien montrait une fougue qui la ravissait. C'était un homme élancé au visage ouvert, aux cheveux bruns et yeux noisettes, empreint de charme. Héloïse était blonde avec un corps fait de courbes féminines, pour composer avec son fiancé un beau couple. Ils s'entendaient pour tout, jouissaient d'une grande complicité ; ils avaient décidé de ne pas se laisser enfermer dans une quelconque monotonie. Le jeune homme avait donc déjà prévu quelques aventures inédites pour Héloïse dans des hôtels ou des endroits insolites, mais c'était la première fois qu'il ne savait pas du tout à quoi s'attendre, dans un renversement des rôles qui l'excitait énormément.

Sorti de l'ascenseur, Bastien se retrouva dans un long couloir au sol recouvert de la traditionnelle moquette rouge, et repérant les numéros affichés au mur, partit sur sa gauche vers le numéro 736. Arrivé devant une porte entrebâillée, il s'arrêta le cœur battant. *« Qu'a-t-elle donc imaginé ? Va-t-elle me sauter dessus ? Sera-t-elle nue offerte à genoux sur le lit, cul tourné vers la porte, les yeux bandés, comme la dernière fois que je le lui avais demandé ? Mhmm... Quel souvenir inoubliable ! »* Sa queue avait encore grandi dans son jean, il était excité, impatient, fébrile. Il poussa la porte et entra dans la pénombre d'une chambre éclairée par un seul abat-jour disposé dans un coin.

Bastien referma la porte, laissant ses yeux s'accoutumer à l'obscurité. Un parfum d'encens flottait dans l'air, une musique douce déroulait ses arpèges, tandis que quelques gémissements se faisaient entendre depuis le grand lit. Bastien s'approcha à pas de loup, et découvrit avec ravissement sa fiancée enlacée sur les draps froissés, aux côtés d'une inconnue aux longs cheveux noirs qui s'étalaient sur l'oreiller ; sa peau mate faisait un magnifique contraste avec le corps pâle d'Héloïse. Les deux femmes étaient nues, décorées toutes deux de tatouages sombres qui leur apportaient une sensualité sauvage de guerrières animales. Bastien devina qu'elles avaient passé du temps ensemble à se peindre mutuellement pour se découvrir par cette approche sensuelle, et s'étaient laissé aller ensuite à d'autres expériences plus intimes.

Fasciné, Bastien se laissa choir dans un grand fauteuil disposé près du lit, et les admira en silence jouer de leurs féminités contrastées. Leurs bouches se cherchaient, leurs mains agiles se caressaient, leurs corps-liane ondulaient avec grâce, dans une superbe chorégraphie sensuelle. Héloïse semblait plus timide que son amante, qui démontrait une aisance confirmée, faite de caresses audacieuses et de regards brûlants. Bastien était ravi : il savait que sa fiancée n'avait jamais eu d'expérience avec une autre femme, il rêvait depuis toujours de pouvoir admirer un duo féminin. C'était un fantasme récurrent chez lui, auquel Héloïse n'avait jamais accepté de répondre. Elle lui offrait aujourd'hui ce cadeau surprenant, en se livrant à une inconnue sous ses yeux éblouis.

Bastien se laissa aller en arrière sur son fauteuil, ouvrit son jean pour en laisser échapper sa verge dure, et se caressa lentement, ses yeux fixés sur les deux femmes devant lui. Elles semblaient ne pas l'avoir remarqué, emmenées dans un duo toujours plus ardent. L'inconnue se releva à genoux, ses fesses sublimes tournées vers Bastien qui pouvait même apercevoir sa rosette plissée et les lèvres de son sexe qu'il devinait humide ; elle entreprit de lécher sans tabou la fleur intime d'Héloïse qui poussait des cris de ravissement, attirant avec frénésie la tête de sa compagne contre elle, pour apprécier au mieux ses délicieuses attentions.

La jeune femme finit par jouir dans un cri aigu qui la laissa pantelante. Puis elles changèrent de place, et ce fut Héloïse qui entreprit de procurer cette même douceur à sa compagne, allongée près d'elle tête-bêche, pour continuer de caresser et de lécher le sexe trempé d'Héloïse. Les deux amantes semblaient se procurer mutuellement un plaisir intense et sans limite, jouissant régulièrement en cris contenus, montant encore et encore sur l'échelle des sensations. Leurs mains caressaient le corps de l'autre avec la connaissance innée de femmes pour d'autres femmes, leurs souffles déchiraient l'obscurité, leurs peaux luisaient de la sueur de l'amour. Bastien n'en pouvait plus de les regarder sans agir, mais n'osait intervenir, devinant qu'Héloïse ne l'oubliait pas. Il observait leurs gestes féminins, admirant comme chacune savait intuitivement procurer du plaisir à l'autre, jouant autour du clitoris, pinçant un sein, s'aventurant entre les lèvres intimes pour aller s'insinuer jusqu'à l'anus pour des caresses indécentes. C'était un tableau de maître érotique, une sarabande pornographique, un fantasme unique.

Enfin les deux femmes ralentirent leur jeu, et reposèrent sur le dos pour reprendre souffle, caressant encore leurs sexes enflammés de jouissances. Elles semblèrent remarquer Bastien qui tenait à deux mains sa verge turgescente, et sourirent. Elles se redressèrent sur les genoux et s'avancèrent vers lui comme deux chattes félines et coquines. Leurs corps ondulaient avec une souplesse féline, leurs cheveux épars sur les épaules, elles étaient magnifiques, même un peu effrayantes, pensa Bastien qui avait compris qu'il allait devenir leur proie. « *Il faudra assurer...* » songea-t-il avec amusement.

Elles l'attaquèrent sans hésitation ; Héloïse assise sur lui pour l'embrasser voracement en défaisant les boutons de sa chemise, tandis que sa compagne lui retirait ses chaussures, son pantalon, puis son boxer que Bastien abandonna en se soulevant un peu. Il grognait d'excitation, affamé par le spectacle qu'il avait surpris, par la présence de sa fiancée assise nue sur lui et par celle de cette inconnue si sexy. Les deux corps féminins parés de peintures guerrières, l'odeur de sexe, la douceur des peaux de blonde et de brune sous ses mains, lui firent perdre la tête.

Il se redressa en portant sa fiancée qui avait enroulé ses jambes autour de lui, et la projeta sur le lit, pour se jeter sur elle avec ardeur. Elle roula sur le dos, il en profita pour lui claquer les fesses, tandis que l'inconnue prenait sa bouche. Puis Héloïse se retourna souplement pour l'embrasser à nouveau, mêlant sa langue à celle de son amante. Elles rirent de se voir ainsi liées, puis s'intéressèrent à la queue de Bastien, qui s'allongea sur le dos, aux anges. Les deux bouches féminines se réunirent le long de la hampe pour la lécher et sucer comme une friandise, tandis que de jolies mains la branlaient délicatement. Bastien grognait et râlait, les yeux fermés, dans une jouissance extraordinaire que les deux femmes s'amusèrent à prolonger au maximum, s'arrêtant avant qu'il ne jouisse, puis reprenant avec dextérité leur traitement de faveur. Cela dura longtemps, puis Bastien se mit à murmurer des mots entrecoupés, le corps arc-bouté dans les prémisses ultimes.

Il finit par jouir dans des sursauts interminables, le cerveau incendié de plaisir, sa queue tenue en bouche par sa fiancée, tandis que la langue de leur inconnue s'aventurait à la base de celle-ci pour des sensations plus intenses. Héloïse avala le sperme de son amoureux sans faiblir, les yeux fermés, attentive aux réactions de plaisir de son amant, tandis qu'une main de sa compagne la faisait jouir elle aussi en caressant sa fleur entre ses cuisses écartées. Elle gémit de plaisir et embrassa la jeune femme dans un baiser salé aux goûts d'embruns. Tous trois emmêlés reposèrent un long moment, haletant, souriants, se regardant avec des mines complices.

Bastien avait récupéré et se redressa, s'exclamant avec un sourire :

— Hé bien, quelle aventure ! Quel beau spectacle j'ai trouvé à mon arrivée dans cette chambre…

— Ah oui ? demanda Héloïse avec un regard frondeur. Ça t'a plu ?

— Absolument… tu sais que j'en rêvais… Et vous faites un duo superbe, Mesdames !

— Et le final fut-il à ton goût ? demanda leur compagne qui le regarda avec effronterie. Elle avait une voix basse très sexy, une peau mate, des cheveux noirs très longs répandus autour de ses épaules ; ses aréoles de seins foncées semblaient indiquer une origine méditerranéenne. Bastien lui sourit et embrassa son épaule :

— J'ai été comblé. Merci de tout cœur…

— On t'a bien passé à la moulinette ! se moqua Héloïse.

— Un vrai délice ! répondit-il avec un regard éloquent et un baiser très amoureux, dans un remerciement muet de son cadeau inattendu. Leur invitée les regarda avec amusement, puis se déplaça pour embrasser chacun de ses deux compagnons. Ils reposèrent un peu, puis se mirent à discuter, plaisantant tous trois encore un moment, faisant connaissance. L'inconnue se prénommait Marcia, avait vingt-huit ans, se trouvait étudiante en géographie à Besançon. Bastien demanda avec curiosité :

— Comment avez-vous fait connaissance toutes deux ?

— Tout simplement, s'amusa Héloïse. Marcia est stagiaire dans mon Département à l'Université, et j'ai eu le coup de foudre pour toi !

— Comment ça ?

— J'ai senti qu'elle te plairait, et à moi aussi ! Alors je lui ai demandé…

— Comment ? Directement ?

— Oh non, je lui d'abord demandé son nom et si elle n'avait pas de tabou !

— J'ai répondu : « *Pas trop !* » Et voilà ! fit Marcia avec un sourire de connivence.

Ils rirent aux éclats, puis Bastien aperçut une bouteille de mousseux posée sur une petite table qui semblait parfaite pour l'occasion. Il se leva pour l'ouvrir, retenant le bouchon dans sa main, pour leur servir à tous trois une coupe pétillante. Ils sirotèrent leur boisson, allongés sur le lit, Bastien entre ses deux amantes qui appuyaient leur tête à chacune de ses épaules. Il soupira d'aise :

— Je suis un vrai pacha...

— Et nous de vraies coquines ! renchérit Héloïse. Merci Marcia, j'ai adoré cette découverte avec toi !

— À ton service ! rétorqua celle-ci en souriant. Mais nous n'allons pas en rester là, non ? Bastien, nous avons encore besoin de toi !

— Ah oui ? fit-il avec un regard provoquant. Pourquoi donc ? As-tu besoin d'une bonne fessée ?

Marcia rit et le provoqua :

— Oserais-tu ?

Bastien ne résista pas à retourner l'impudente sur le ventre, pour caresser ses fesses bien rondes qui appelaient une main lourde, et les claquer rythmiquement une dizaine de fois, tandis que Marcia gémissait de plaisir, le visage dans l'oreiller. Bastien apprécia cette peau de velours au grain particulier, différent de celle d'Héloïse. Il voulut les comparer, et attira celle-ci à côté de Marcia sur le ventre elle aussi. Il s'amusa à fesser l'une ou l'autre, excité à comparer les mouvements, les réactions, les peaux, semblables et pourtant différentes des deux femmes.

Puis il eut envie de les prendre et les fit s'agenouiller devant lui, leurs deux culs tournés vers lui, magnifiques et dédiés à sa virilité conquérante. Il bandait de nouveau, excité part cette situation si particulière. Il prit du temps à les baiser l'une et l'autre, passant d'une chatte brûlante à sa voisine, caressant un cul offert pendant qu'il prenait l'autre, changeant régulièrement de partenaire, dans un délire presque bestial. Puis il se retrouva à nouveau sur le dos, tandis que Marcia s'empalait sur lui pour une chevauchée fantastique, ses seins bruns balançant devant ses yeux éblouis de plaisir. Elle le fixait tout en se promenant sur ses reins, lui procurant un plaisir sans cesse renouvelé. Le gland de Bastien butait parfois au fond de son antre en lui arrachant un gémissement de plaisir, puis elle jouait à se retirer pour le sentir autour de sa fleur. Héloïse avait perdu toute inhibition, et se permis de se placer à cheval au-dessus du visage de son amoureux, afin qu'il lui donne du plaisir de sa langue agile, tandis qu'elle embrassait Marcia placée en vis-à-vis. Ils jouèrent longuement dans cette position acrobatique, explorant les multiples sensations ressenties, puis terminèrent leur trio dans un final frénétique les envoyant tous trois dans des jouissances extrêmes qui les firent crier longuement, tétanisés de plaisirs.

Les deux femmes se laissèrent tomber enfin à côté de Bastien pour reposer contre lui, respirant à grandes goulées, haletantes. Ils rirent tous trois et plaisantèrent un peu, avant de se décider à profiter du jacuzzi installé dans la salle d'eau voisine. Ils s'y rendirent nus tous les trois, pour s'y prélasser dans les bulles, enlacés, très heureux de leurs exploits et de leur connivence dans ce trio inédit. Détendus dans le bain chaud, ils parlèrent de leur vie, de leurs amours, pour se trouver épuisés par leurs exploits sensuels. Ils retournèrent au lit pour finir leur champagne, et les trois complices s'endormirent enlacés, Marcia dans les bras d'Héloïse qui s'était lovée contre Bastien, chacun appréciant de dormir ainsi reliés dans un mélange d'odeurs, de sensualité et de tendresse complice.

13. COMMENTAIRES

Héloïse termina son récit avec un sourire de fierté, puis se laissa aller dans les coussins pour attendre la réaction de ses amies. Celles-ci s'étaient caressées mutuellement pendant son récit de découvertes saphiques, certainement inspirées par la description des ébats vécus par Héloïse, Bastien et Marcia. Mya baisa la joue d'Ophélie qui s'était blottie contre elle et soupira :

— Mhmm... C'est une délicieuse histoire, Héloïse ! C'est tellement sensuel, ta description de tes découvertes avec une femme ! On imagine des plaisirs... insoupçonnables !

— Oui, ajouta Ophélie la voix embrumée de désir naissant, ça m'a donné des envies, je dois avouer ! Moi qui me croyais intéressée uniquement par les hommes, je dois dire que ton récit m'a fait changer d'avis !

— J'avoue que j'ai éprouvé énormément de plaisirs inattendus avec cette Marcia... répondit Héloïse avec une expression rêveuse. Je ne pensais pas que cela me plairait autant !

— Toi qui disais : « *Jamais avec une femme* » !

— Fontaine, je ne boirai jamais de ton eau... plaisanta Ophélie, qui rejeta ses longs cheveux en arrière pour regarder ses amies d'un air pensif, relevant :

— C'est la seule histoire de femmes entre elles, cela donne droit à un Bonus, non ?

Les quatre amies rirent aux éclats, puis Ellen renchérit :

— Moi, j'accorde un Bonus pour l'endroit ! J'adore les rendez-vous dans les hôtels, c'est tellement glamour... la moquette dans le couloir pour une approche de pas feutrés, la porte entrebâillée, le champagne…

— Le grand lit…

— Le jacuzzi, olala…

— Le valet de chambre super sexy…

— Oh, tu n'en n'as pas mentionné !

— Il y avait Bastien, cela suffisait ! rit Héloïse.

En fait, demanda Églantine avec curiosité, tu es devenue « *fan* » des rapports avec une femme ?

— « *Fan* » peut-être pas, mais j'ai adoré vivre cette expérience, et je le referai certainement ! Sûrement avec Marcia !

Ah, Marcia, dans ta description, elle est vraiment impressionnante ! soupira Mya avec admiration.

— Une vraie panthère sexuelle…

— Une guerrière sensuelle…

— La diva des orgasmes lesbiens…

— La star des alcôves…

— La *Queen of the divan*…

— « *Marcia, tu me rends fou de toi…* » chantonna Mya.

— Ah oui, comme dans la chanson… s'amusa Églantine.

— On dirait ce texte fait pour elle, acquiesça Héloïse. Elle a vraiment une présence très spéciale, qui fascine et entraîne aux plaisirs… C'est une femme extraordinaire… sûre d'elle… sans peur… Je l'adore ! Grâce à elle, j'ai découvert des sensations fabuleuses ! C'est vraiment spécial de vivre la sensualité avec une autre femme… C'est plus subtil, plus doux, plus enragé aussi !

— Oui, eh bien, cela nous a donné des envies, sourit Mya, caressant tendrement le bout des seins d'Ophélie. Nous allons tester tout à l'heure quelques positions dont tu nous as parlé, je crois !

— Mais pourquoi pas ! rit Héloïse. Il se fait tard, vous pourrez passer dans vos chambres et vous amuser ! Tout est permis ce soir !

— Ah, voilà une phrase qui me plaît ! s'exclama Églantine avec entrain.

— « *Tout est permis ohéhé, la fête au bal masqué ohéohé !* » chantonna Mya décidément très inspirée. Les jeunes femmes reprirent le refrain en chœur, puis Ellen poursuivit :

— C'était important pour toi, que Bastien soit présent à ton Défi ?

— Oui, absolument ! expliqua Héloïse. Nous avons décidé vraiment de ne pas faire de folies sensuelles l'un sans l'autre. Nous sommes persuadés que les aventures en solo nuisent au couple, et amènent des sentiments de trahison, des craintes, des mensonges, et nous voulons l'éviter. Nous avons décrété un mot d'ordre : « *Tout oser, toujours ensemble !* »

— Ce n'est pas bête, acquiesça Ellen. Il y a beaucoup de couples modernes qui pratique le libertinage, ou les amours plurielles, ou encore se laissent libres chacun de son côté, qui ne s'en relèvent pas. J'en connais plusieurs…

— Oui, ajouta Églantine. Il y a Daniel et Valentine, tu sais ? Ils ont flirté avec un autre couple, puis certains se sont revus en cachette, les deux couples ont divorcé dernièrement… Dommage, et il y a des gosses…

— Absolument ! Et vous connaissez Justine et Mike, les fameux libertins du Cap d'Agde ? Un couple magnifique très sympathique et complice… demanda Héloïse.

— Ah je vois ! Ce sont eux qui vantaient ouvertement cette manière de vivre leur sexualité comme libérée et superbe… Ils ne sont plus ensemble ?

— Bé non... Le Cap leur fut fatal...

— Un pic, un cap, une péninsule...

— Tant va le pic à l'eau qu'à la fin il se casse...

— C'est dommage... Oui, et Justine est complètement déprimée ! releva Héloïse. C'est mon amie, et cela m'a fait réfléchir. Et je crois que Mike n'est pas bien non plus, leur couple a cassé, c'est dommage ! Tu vois, on se croit libre, sans attache, capables de tout... Mais les sentiments sont là, au fond de notre cœur... Si on ne fait pas attention, c'est la catastrophe !

— Tu fais ta grand-maman, là ! plaisanta Églantine. On dirait « *Mère la Morale ou la Vertu !* »

— Pas du tout ! protesta Héloïse. J'ai prouvé dans mon récit que je suis assez libérée non ?

— Oui, c'est vrai, ce fut un récit très croustillant, il faut le dire ! s'amusa Églantine.

— Eh bien, je veux juste rappeler que si un couple veut jouer à ces jeux, il faut se poser des règles de base et s'y tenir... C'est dangereux... on peut y prendre trop goût... L'un des deux va trop loin, son conjoint souffre... Alors nous avons décidé : « *Toujours ensemble !*

— C'est une superbe idée, je te félicite ma belle ! s'exclama Églantine.

— Oui, c'est une bonne décision pour vous deux ! ajouta Mya. Je suppose que c'est différent pour des couples qui ne désirent pas s'établir officiellement...

— Tu sais, je crois que l'attachement finit toujours par se former, et la souffrance s'en mêle toujours quand l'autre court le guilledou !

— On en revient à l'attachement ! remarqua Ophélie. Une vraie plaie !

— Oui, réfléchit Ellen. L'attachement se forme naturellement au sein des couples, et entraîne jalousie, possessivité, disputes ! Je connais certains couples qui se laissent libres mutuellement sans se contrôler ni se reprocher quelque chose, mais c'est très rare !

— Oui, dans le monde libertin, l'attachement est moins fort…

— Quoique…

— Ouais…

— Oui, mais ce soir, tu as un problème ! s'amusa Mya. Tu as écouté nos Défis sans que Bastien ne soit présent ! C'est une tromperie virtuelle, non ?

— Oh, pas vraiment ! rétorqua Héloïse avec un regard malicieux. Nous pouvons tout de même nous accorder quelques fantasmes et récits érotiques de manière personnelle, je crois ! Et puis je vais lui raconter, vous êtes d'accord, les filles ? Il va adorer, j'en suis sûre !

— Ah oui, tu peux raconter ! Tel que je l'imagine, il va aimer. Il a un côté voyeur, cet homme ! Se moqua Églantine.

— Comment le sais-tu ? fit Héloïse en fronçant les sourcils.

— Ne t'inquiète pas, ce n'est pas une critique ! la rassura son amie. Je sais qu'il aime regarder, et d'ailleurs, dans ton histoire, il commence par être spectateur, et il aime beaucoup cela !

— Oui, c'est juste, je le connais bien, et c'est pourquoi j'avais organisé son arrivée ainsi ! Bref ! conclut Héloïse, ne soyons pas trop sérieuses ce soir ! Avez-vous aimé mon Défi ?

— Oh que ouiii…

— J'ai adoré…

— J'ai envie d'imiter certains extraits… Oh, Marcia !

— Moi aussi !

— Coquine !

— Oui, je le revendique !

— On monte, les filles ? J'ai des chaleurs ! s'exclama Églantine avec un sourire coquin. Se levant avec grâce, elle dansa devant ses amies dans un petit rythme de samba qui fit remuer ses fesses avec effronterie. Puis elle se dirigea vers l'escalier en se déhanchant outrageusement, jouant à la fille facile, elle demanda :

— Tu montes, chérie ?

— J'arrive ! s'exclama Ellen avec entrain. Celle-ci se leva et courut vers son amie, pour l'embrasser sur la bouche dans un baiser de cinéma, dans la scène où deux filles sont enlacées en tenue légère au pied des escaliers du Grand Hôtel. Leurs amies applaudirent cette scène d'anthologie. Mya se leva aussi, entraînant Ophélie par la main, déclarant :

— Nous allons monter nous aussi. Ophélie a besoin que je la mette au lit !

— Oh que oui ! rit son amie qui la suivit en marchant avec grâce, ses longues jambes gainées de noir s'accordant au pas de celles de Mya. Elles s'embrassèrent aussi longuement au bas des marches, puis suivirent Églantine et Ellen qui montaient les escaliers en se caressant et gloussant exagérément. Les quatre amies disparurent sur le palier, on entendit de petits rires, de petits cris, des bruissements confus, des bruits très évocateurs d'objets tombés au sol. Héloïse sourit, et cria :

— Tout va bien ?

Il n'y eut pas de réponse, seulement le claquement d'une porte fermée, indiquant que le quatuor avait envie de tranquillité. Héloïse ne se démonta pas, et entreprit de ranger un peu le salon, évacuant la vaisselle sale jusqu'à la cuisine. Elle écoutait les bruits venus de l'étage avec un sourire, puis reprenait sa tâche. Elle disposa un CD de musique douce dans le lecteur, ralluma quelques bougies pour une atmosphère intime ; quand elle fut bien certaine que ses amies étaient assez occupées pour ne pas redescendre les escaliers, elle se dirigea vers la grande armoire de bois clair située dans le salon.

Elle tourna la clé qui fermait, ouvrit grand les deux battants, et chuchota vers une silhouette masculine assise dans le fond du meuble :

— Alors, mon chéri ! Tu as apprécié mon sixième *Défi* ?

— Fabuleux ! murmura Bastien en sortant avec précaution de l'armoire, laissant sa fiancée refermer les battants derrière lui. Il la prit dans ses bras pour lui donner un baiser profond, avec un rire contenu :

— Je me suis éclaté à vous observer toutes ! Moi qui suis très voyeur, comme l'a souligné Églantine, ce fut terriblement excitant de vous écouter, de vous regarder, j'ai vécu ce soir un vrai fantasme de mec amoureux de l'intimité des femmes ! Merci mon amour !

— De rien, mon chéri ! Comme toujours notre devise : « *Toujours ensemble* » ! rit Héloïse en lui rendant son baiser. Ils se caressèrent longuement l'un l'autre, excités par leur soirée plutôt spéciale. Bastien grimaça soudain :

— Je suis complètement ankylosé après des heures passées dans cette armoire, malgré les coussins que tu m'y avais disposés ! Merci encore ma chérie ! Et s'y on s'allongeait ? Cela me ferait du bien… En plus, je bande comme un taureau après ces histoires délicieusement excitantes ! Il faut que tu t'occupes de moi…

— Bien volontiers, mon chéri ! Allonge-toi dans ce canapé, je vais te masser…

Bastien se coucha docilement sur le sofa, laissant Héloïse ouvrir sa chemise, tirer ses chaussures et son pantalon, puis son boxer. Complètement nu, il retrouva toute son énergie et fit rouler sa fiancée sous lui, pour la manger de baisers et de caresses. Il ne mit pas longtemps à écarter ses deux cuisses de ses genoux, et pour la prendre avec vigueur, échauffé par ses heures d'observation clandestine des meilleures amies de sa future femme en tenue légère et confidences érotiques. La lueur des bougies éclairait les corps des deux amants, tandis qu'à l'étage, les cris se faisaient plus aigus. La nuit allait être longue au gîte, et les mariés auraient une mine fatiguée pour leurs noces, sans que leurs invités n'en sachent la raison.

PRÉSENTATION DE JUNE SUMMER

June Summer travaille dans le social.
Après avoir élevé ses enfants, elle s'est passionnée
pour l'écriture d'histoires « érotiques-romantiques »,
fantastiques, poétiques. Elle se passionne pour les relations
humaines, les histoires de couple.
June aime décrire l'érotisme de manière poétique, esthétique,
dans une vision d'épanouissement des êtres.
Elle vit en Suisse, dans un cadre naturel,
entourée d'amis, d'enfants, et d'animaux.
June partage avec son compagnon Kris Winter
les découvertes d'une vie reliée à la sensualité
et à la Liberté.
Rendez-vous chez June Summer ici :
www.june-summer-auteure.com

Bibliographie de June Summer

Textes sous copyright
« Les Interdits de Claire » 2011
« Elles » 2011
« Un Voyage Inavouable 1 » 2011
« Quatre Histoires sensuelles de vêtements, érotiques »
2012
« La Robe Noire » 2012
« Duo Aquarelles –Poèmes » 2012
« Rencontres Clandestines » 2012
« Sex School » 2013
« Jeyaa le Château des Brumes 1 » 2012
« ZigZag Café » 2013
« Les Chaussures Rouges » 2013
« Aventures Libertines » 2013
« Un Voyage Inavouable 2 » 2014
« 5 Défis pour un Mariage » 2014
« Jeux du Jeudi » 2015
« Entre deux Portes » 2015
« Passions » 2015
« Best Of » 2015
« Jeux de Mails » 2016
« Jamais sans Toi » 2016
« L'été de Jordane » 2017
« De l'Ombre à la Lumière » 2018
« Délicieuses Surprises » 2018
« Les Mains de Velours » 2019

CPSIA information can be obtained
at www.ICGtesting.com
Printed in the USA
LVHW022342031120
670573LV00003B/425